그리고 하늘을 보다

그리고 하늘을 보다

발 행 | 2015 년 2월 4일

글·그림 | 이정기
펴낸이 | 신중현
펴낸곳 | 도서출판 학이사
　　　　출판등록 : 제25100-2005-28호
　　　　주소 : 대구광역시 달서구 문화회관11안길 22-1(장동)
　　　　전화 : (053) 554~3431,3432
　　　　팩스 : (053) 554~3433
　　　　홈페이지 : http : // www.학이사.kr
　　　　이메일:hes3431@naver.com

　ISBN _ 978-89-93280-90-6 03810

그리고 하늘을 보다

이정기 수필집

學而思 | 학이사

　매일 쫓기듯 살아왔다. 잠시 멈추었나 싶으면 괜히 불안하고 다시 뭔가를 해야 할 것만 같은 조바심이 생긴다. 쉬어도 되고 자유를 마음껏 구가해도 되는데 악착같이 달라붙는 무엇이 있다.

　인생이란 타인이 내게 준 의미가 아니라, 내가 만든 나의 의미로 흔적을 남기는 것이라 했다. 온전히 나를 위해 투자할 수 있을 때 글을 쓰고, 그림을 그리고 싶은 꿈이 있었다.

　그래서 다시 서툰 몸짓을 시작했다. 늦은 나이에 끝내 버리지 못한 꿈을 잡고 힘들고 고통스러운 날들도 보냈다. 때론 미흡하기 짝이 없는 글을 써놓고 자괴감에 빠지기도 했다. 그러나 그를 통해서 자신을 성찰하는 시간이 될 수 있었고, 새로운 삶의 방향도 모색하게 되었다.

　수필집을 내기에 앞서 많이 망설이고 머뭇거렸다. 부끄러움과 조심스러움이 자꾸 손목을 잡는다. 그럼에도 불구하고 나는 수필과 그림을 함께 접목하여 한 권의 책을 만들어 내기로 마음먹었다. 그건 오만도 만용도 아니다. '언젠가는 이 아니고 지금 당장' 그 울림 때문이다.

　서툰 글 내놓기를 망설이는 내게 힘과 용기를 준 지인들에게 깊이 감사드린다. 그리고 말없이 지켜봐주고 응원해 주는 가족들과 형제들은 언제나 나의 든든한 울타리며 버팀목이었다. 그들이 있어 설익은 열매나마 한 권의 책을 엮어낼 수 있지 않는가. 고맙고 또 미안하다. 당신들 덕에 나의 가을은 풍요롭고 행복할 것 같다.

　내 앞에 놓인 세월이 얼마나 더 남았는지는 모른다. 그 길 다할 때까지 부족함을 채워가며 성숙된 삶을 위해 최선을 다하고 싶다.

　이 책이 독자와 함께 사색하고 고뇌하며 위로하는 작은 사랑방이 되기를 간절히 소망한다.

2015년 1월

이 정 기

■ 차 례

1 봄의 문턱에서

2 그릴 수 없는 그림

3 가시 이불

4 지상의 또 다른 세상

5 살며 기다리며

1
봄의 문턱에서

내 인생의 봄날에는

오랜 가뭄 끝에 비가 내린다. 마른 대지를 촉촉이 적신다. 비 내리는 창 저편에서 지난날의 추억이 아스라이 그려진다.

바람이 몹시 불던 봄날이었다. 언덕을 넘어 저수지를 지나 냇가의 징검다리도 건너면서 오래도록 걸었다. 이윽고 야트막한 집들이 모여 있는 조용한 시골 마을 한복판까지 왔다. 거기 내가 첫 발령을 받은 학교가 있었다. 운동장 너머는 들판이고, 울타리 옆으로는 냇물이 흘렀다. 도시의 학교들처럼 시멘트 벽돌로 담장이 둘러 있지 않아 더욱 정겨웠다. 시야에 들어오는 것은 모두 자연 학습장이다.

행복함과 두려움이 교차했다. 모든 것이 생소하고 어색했다. 그러나 다만 내가 선생이 된다는 설렘은 그 어떤 언어로도 표현할 수 없었다. 그렇게 그곳에서 나의 봄은 시작되었고, 아이들은 나를 즐겁고 행복하게 만들었다.

그들의 꿈이 무엇인지, 자신들이 나를 받아들일 준비가 되었는지

도 알지 못하면서 내 모든 걸 그들에게 쏟아 부을 자세였었다. 교육이 어떤 것인지도 충분히 알지 못하고 스스로도 성숙하지 못한 상태에서 그냥 들뜬 마음으로 하루하루를 즐겁게 보냈다.

자연 시간이면 교과서를 들고 들길과 냇가로 다니면서 관찰하고 기록하고 그리고 만지면서 공부했다. 여름 한나절 오전 수업을 마치면 학교 옆 냇가로 갔다. 땀과 먼지로 얼룩진 아이들은 그곳에서 한바탕 물놀이가 벌어진다. 깨끗이 목욕하고 집으로 달려가는 아이들의 뒷모습을 보면 내가 더 행복했다.

그때 내 이름은 빵 선생이었다. 빵을 실은 차가 뿌얀 먼지를 일으키며 저만치 나타나면 아이들은 무척 좋아했다. 끼니도 제대로 때우지 못하는 어린이들이 있었고, 넉넉지 않는 살림살이에 먹을거리도 변변하지 못했던 시절이었으니 급식 빵이야말로 하루를 살아가는 희망일 수 있었고, 학교에 결석하지 않는 이유가 되기도 했다. 빵 차가 늦어지는 날이면 아이들은 내 꽁무니를 따라다니며 "선생님 빵은 언제 오나요?" 하고 묻는다. 내 가슴이 먼저 아려왔다.

1970년대 초, 그 당시 학교에서 지급되는 우유랑 빵은 미국의 원조품이었다. 그나마 모든 학교에 그런 혜택이 돌아간 것은 아니었다. 내가 근무하던 곳이 군 지정 벽지학교로 선택지원을 받은 것이다. 요즘 학생들에게 그런 이야기를 한다면 까마득한 옛이야기로 들릴 것이다. 그러나 그것이 그리 먼 옛날이 아니었음을 생각하면 우리나라가 참 빨리도 발전했다는 것을 실감하게 된다. 요즘 세계의 오지를 다니며 봉사활동을 하고, 전쟁 난민이나 절대 빈곤 국가를 돕기 위해 애쓰는 많은 우리나라 사람들을 볼 때면 마음이 뿌듯해진다.

난생 처음 지도자의 자리에서 운동회를 하는 날이다. 단체무용을 하기 위해 대기 선에서 입장 준비를 하고 있었다. 아이들보다 내가 더 긴장하는 것 같았다. 그런데 아이들의 손에 고구마며 장난감 나팔과 삼각주스 같은 것이 들려있지 않은가. 기가 막혀 그 자리에 펄썩 주저앉고 싶은 심정이었다. 하지만 어쩌랴. 황급히 그것을 치우게 하고 입장을 했다.

또 다른 문제가 생겼다. 이번에는 음악이 뚝 끊어진다. 전기가 들어오지 않는 마을이라 배터리로 레코드판을 돌리던 상황이었는데 그것이 고장이 난 것이다. 신나게 율동을 하던 아이들은 일시에 동작을 멈추고 내 얼굴만 쳐다본다. 순간 정신이 아찔했다. 우여곡절 끝에 무용을 마치고 퇴장한 나는 그만 울음을 터뜨리고 말았다.

창밖을 본다. 조용히 내리는 비는 내 마음을 적신다. 나는 어쩌다 그곳에 인연이 닿았을까. 삶은 그렇게 우연으로 시작해서 인생길이 열려지는가. 내 가슴에 가득 채워졌던 무수한 이야기들, 각각 다른 모습의 삶을 살아갈 그들의 세계를 마음속으로 그려본다.

나의 젊음이 시작되었던 곳, 많이 행복했고 많이 부끄러웠던 첫 발령지, 지금도 그곳에는 어김없이 봄이 찾아 왔으리라. 가고 싶다. 거기서 내 인생의 봄날을 다시 꽃 피우고 싶다.

어두운 골목

무심히 신문을 뒤적인다. 큰 제목을 먼저 확인하는 중 한 지면에 눈이 멈췄다. 순간 오래 전 내게 많은 아픔을 주었던 어두운 골목 안의 풍경이 다시 떠오른다.

가슴이 긁히듯 아팠던 일 하나가 기억 속에서 피어오른다. 전화가 요란하게 울렸고, 간신히 마련된 나의 짧은 휴식은 끝이 났다. 시내버스를 타고 파출소로 향했다. 밖은 이미 어두웠다. 도시의 밤은 밝고 어둠이 극명한 차이를 보인다. 빌딩이 높으면 그림자가 더 짙은 것처럼 사람들의 삶도 그러하다. 차창으로 초췌한 현수(가명)의 모습이 어린다. 그의 일탈 행동은 처음이 아니다. 결핍과 열등감 속에서 상처받고 꿈을 잃은 그는 마음의 의지처를 찾아 헤매고 있었던 것이다.

파출소 문을 열고 들어서니 두 아이가 죄인이 되어 경찰관 앞에 서 있었다. 옷가지며 돈과 각종 장물들이 책상 위에 놓여 있고, 갖가지의 죄목들이 적혀있는 진술서가 보인다. 영화에서나 봄직한 풍경이었다. 초등학생부터 중·고등학생까지, 어쩌면 그 위에도 더 있는지 모르겠지만 체계화된 불량 조직이 있었다. 어린 학생들까지 범죄의 수렁으로 몰고 다니는 그들의 망에 우리 아이들이 걸려든 듯 싶었다.

그 당시 대도시 중심지에 위치한 우리 학교 주변에는 남녀 중·고등학교가 밀집해 있었다. 그런 관계로 불량 청소년들로부터의 위협은 어린아이들에게는 큰 부담이었고 두려움의 대상이었다. 동시에 우리 교사들도 적잖은 마음의 짐을 지고 있었다. 도시의 그늘에서 가정의 따뜻한 울타리를 벗어난 어린 영혼들을 우리가 어떻게 다스려야 할 것인가는 마음속의 무거운 돌이었다.

경찰관은 6학년 여학생을 집요하게 닦달하고 있었다. 상급학교 학생들의 행방을 추궁하는 중이다. 아무리 물어도 아이의 입은 열리지 않는다. 참다못한 경찰은 단봉으로 여학생의 어깨를 후려쳤다. 나도 모르게 튀어나오는 비명을 안으로 삼켰다. 그러나 나를 더 놀라게 한 것은 그의 태도였다. 눈물 한 방울 흘리지 않았다. 마치 미라처럼 굳어 있는 어린아이는 감정 없는 인조인간처럼 보였다. 무엇이 그의 마음을 저토록 닫아 버렸을까. 가슴이 터질 것 같다는 말이 이럴 때 나오는 것인가.

아무리 기다려도 경찰관이 요구하는 답은 나오지 않고 어둠의 시간은 흘렀다. 나는 책임지고 지도하겠다는 각서를 쓰고 현수를 데

리고 나왔다. 그는 다소곳이 따라왔다. 무슨 말부터 시작해야 할까.

　내가 만약 누군가의 마음의 상처를
　막을 수 있다면 헛되이 사는 것이 아니리

　에밀리 디킨슨의 시 한 구절이 떠오른다. 내게도 그런 힘이 주어
지기를 소망하면서 조용히 걸었다. 따뜻한 한마디 말이라도 해 줬
으면 좋았을 것을, 끝내 그리 하지 못했다.

골목은 어둡고 길었다. 두고 온 6학년 여학생의 깡마르고 무표정한 얼굴이 자꾸 눈앞에 어른거린다. 현수네 집에 도착했다. 깊은 어둠 속에 혼자 웅크리고 앉은 몸이 불편한 가장, 그의 막막한 표정에서 진한 고뇌를 읽는다. 가족의 생계를 책임진 어머니는 항상 부재중이고 마음 붙일 곳 없는 자식들은 오늘도 방황하고 있다. 검은 웅덩이 같은 그들의 삶은 어둡고 추운 골목이었다.

가족들이 한자리에 모여 앉아 따뜻한 저녁 식사를 하면서 하루의 이야기를 나눌 수 있는, 지극히 평범하고 당연한 가정의 울타리가 그들에게는 없었다.

이튿날 아버지를 따라 현수가 교실로 들어왔다. 그것만으로도 감사했다. 우리 반 아이들의 힘을 빌리고 어르고 다독이며 정성을 기울였다. 만유인력의 법칙을 발견한 아이작 뉴턴은 "나는 천체의 운동을 계산할 수는 있어도, 사람들의 광기는 계산할 수 없다."고 했던가. 변덕스런 인간의 마음을 어떻게 다스려야 할지, 막막하기만 하다. 하지만 나는 그의 심리적 변화를 기대하며 기다려보기로 했다.

얼마 후 한밤중에 학교 숙직실에서 걸려온 전화는 나의 기대를 비참하게 무너뜨렸다. 또 파출소행이다. 그 조직은 철옹성이었나? 부모들도 자식의 행방을 모르고 있었다. 어쩌면 그동안 그들의 덫이 더 완강해진 것은 아닌지, 그 세계의 깊이는 평범한 우리들로서는 알 수가 없다. 나는 화가 나서 견딜 수가 없었다. 나쁜 줄 알면서 그 일을 끊지 못하는 아이들이 미웠고, 삶이 바쁘다는 이유로 자식을 방치하는 부모들은 더 미웠다. 그에게 마음의 안식처가 되어 주지 못한 나의 무능에 화가 났다.

따사로운 사랑으로 감싸 줄 사람이 있는 가정이 있고, 함께 슬퍼할 가족이 있을 때, 그래서 마음 놓고 자신의 아픔을 쏟아낼 수 있어야 문제 해결의 실마리는 풀릴 것이다. 하지만 이러한 교육 이론도, 교육 철학도, 허기와 결핍뿐인 사랑의 불모지에서 살아가는 현수에게는 어떤 소용이 있을까. 그가 혼자의 힘으로 빠져나올 수 없는 깊은 수렁이 있음을 알고도 그 늪에서 빼낼 수 없는 상황이 안타깝다.

그의 아버지를 만났다. 아들을 살리는 길은 지금껏 현수 뒤에서 조종하고 있는 상급학교 학생들로부터 떼어 놓는 것뿐이라고 했다. 그는 말이 없었다. 어쩌면 내가, 감당하기 힘든 현실과 자식의 앞날을 두고 고뇌하고 있는 한 가장에게 가혹한 말을 하는 것이 아닐지 두려웠다. 그해 가을 어느 날 밤 그들은 그 누추한 골목을 떠났다.

요즈음도 청소년 문제로 세상이 떠들썩하다. 학교 폭력이 난무하고, 상상할 수조차 힘든 일들이 사람의 가슴을 흔들고 있다. 가족은 인간이 성장하는 토양이다. 때문에 자녀들이 자신의 운명을 스스로 헤쳐 나갈 수 있는 능력과 정서적 독립심이 튼튼해질 때까지 뒷받침해 주는 것이 임무다. 하지만 가정의 붕괴와 가족의 해체는 더욱 늘어나고, 따라서 청소년들의 방황은 심각한 사회 문제를 만들고 있다.

오늘 신문에서 '중학생 자살 사건'의 가해자인 두 중학생에게 중형을 선고 했다는 기사를 읽었다. 법만으로 인간의 행복을 만들 수 있을까. 고개 숙인 폭력 학생들의 사진에서 가슴 깊이 묻혀 있던 한 아이가 겹쳐 보인다. 그가 검은 웅덩이를 완전히 빠져나올 때까지 지켜보지 못했기에 마음이 무겁다.

지금은 어떻게 살고 있을까.

개 할멈

어느 바람 부는 초겨울 날이다. 서울의 한 변두리 종이박스로 만들어진 움막 같은 집, 그곳에 늙고 꼬부라진 할머니가 살고 있었다. 세상의 아름다움과는 거리가 먼 풍경이다.

저 바람 부는 거리로 스쳐가는 사람들, 그들과는 아무런 연고도 없는 또 한 사람이 어수선한 길 한편에 보금자리를 마련하고 있다. 가진 것이라곤 누더기 같은 이불과 찌그러진 그릇 몇 개, 그리고 갈곳 없는 개들뿐이다. 폐지며 재활용품들을 모아 생계를 이어가고 있었다.

버려진 개들을 보살피는 천사 같은 할멈, 그를 보고 사람들은 개할멈이라 했다. 거리의 가게에서 탁발하듯 얻은 끼니를 개에게 먼저 나누어 주고 함께 식사를 한다. 알아들을 수 없는 떠들썩한 광고와 찬란한 불빛, 끝도 모르고 내닫는 자동차들. 사람들은 화려한 도시를 꿈꾸며 몰려든다. 때론 절망하고, 더러는 상처 입으면서 끝내

떨쳐 버리지 못하고 오늘도 지친 삶의 이야기를 만들어 간다. 이러한 유혹의 도시에서 당당하게 살고 있는 그의 삶은 빈 마음으로 돌아간 도시의 수행자였는지 모르겠다.

요즈음 길거리에 버려지는 애완동물들이 많아 문제거리로 등장하고 있다. 갖고 싶어서 가졌고, 또 사랑했으리라. 그런데 왜 버리게 되는 걸까. 공동묘지에 가면 이유 없는 죽음이 없듯이 버려지게 된 데도 다 이유가 있겠다. 하지만 사랑도 쉽게 하고 버리는 것도 쉽게 하는 것이 현대인들의 특성인가.

버리는 사람은 부자였고, 버려진 것을 거두는 사람은 가난하고 지닌 것 없는 사람이었다. 포만의 시대를 살아가는 사람들은 버려지는 아픔을 모른다. 그러나 가진 것 없이 힘들게 살아온 사람은 갖고 가져도 갈증이 생길 것이다. 또 베풂의 행복도 누려 보고 싶을 것이다. 얻고 싶었던 그 갈증만큼이나 나누고 싶은 것은 그들의 사치스런 꿈인지 모른다.

각박하고 피폐해진 세상이라 탄식들 하지만 아직은 우리 사회에 따뜻한 인정이 남아 있었다. 십시일반 그를 도우려는 사람이 있어 개 할멈에게 작은 집이 마련되었다. 다리 밑이 아닌 집에서, 길바닥이 아닌 방에서 할머니는 살게 되었다. 개들에게도 집이 생겼다. 그러나 할머니는 개들이 답답해할까 봐 걱정한다. 그는 가끔씩 살던 곳으로 개들과 소풍할 거라고 했다.

꼬부라진 개 할멈의 해맑은 얼굴, 그는 정녕 무소유의 삶을 즐기고 있었다.

"고마워요. 너무나 고마워요."라고 도와준 사람에게 웃음으로 답한다.

앞으로 어떻게 살고 싶으냐고. 바람이 있냐고 물어 오는 사람들에게 그는

"이 개들하고 더 아끼며 사는 것이 소원이요. 아무 바람도 없소." 할머니는 무심히 개들만 쓰다듬고 있다. 그의 얼굴에는 '밥벌이의 고단함' 같은 것은 보이지 않았다.

의지할 곳 없는 사람이라 버려진 짐승도 거두며 살고 싶은 건지 모르겠다. 세상에서 무시당하고 외면당하면서 살아온 할멈의 눈에는 갈 곳 잃은 개들에게서 자신의 모습을 발견했을 것이다. 세상에 대한 원망도 바람도 없이 적은 것에 만족하며 사랑과 정성으로 살아가는 그의 얼굴에서 맑은 영혼이 느껴진다.

일복이, 이복이, 삼복이, 사복이, 오복이 이것은 버려진 개들의 이름이다. 그리고 누렁이 삼형제. 할멈의 집에는 사람은 한 명 뿐, 나머지는 모두 개들이다. 할머니에게 가족이란 울타리의 의미를 굳이 물어서 무슨 소용이 있을까. 인간으로서의 가족 관계를 초월한 삶이라면 지금 개 할멈으로서의 새로운 가족 속에서 행복하기를 소망해 본다.

개들의 이름처럼 할머니의 집에 복이 주렁주렁 달렸으면 좋겠다.

거울

　어느새 나는 빈 둥지를 지키는 나이가 되었다. 가슴 한켠에 쓸쓸함이 묻어난다. 길들여진 일상과 사고에서 벗어나지 못하고 끌려가던 세월은 너무 빨랐다. 둥지를 틀고 그것을 지키고 가꾸어 오던 지난 시간들은 내가 주인공 이었을까, 관객이었을까 아니면 연출자였을까.

　부엌 싱크대 앞에 반달 모양의 자그마한 거울 한 개가 놓여 있다. 설거지 하다가 고개를 들면 얼굴 반쪽이 보일 정도다. 갑자기 손님이 오신다거나 할 때 한 번씩 쳐다볼 요량으로 마련해 둔 것이다. 그곳으로 자꾸 시선이 간다. 오늘은 왠지 거울에 비친 모습이 새롭다. 문득 삶의 뒤안길에서 만나게 되는 쓸쓸함이 보인다. 무딘 기억 속의 잔영들처럼.

　한번 씩 웃어본다. 마음이 한결 가벼워진다. 내친김에 손으로 얼굴을 찌그려 본다. 그리고 눈을 사납게 치켜 떠 보다가 다소곳이 아

래로 내려 떠 본다. 입을 앞으로 쑤욱 내밀었다가 빙그레 미소 지어
본다. 그때마다 마음이 움직인다. 즐겁다가 화났다가 마음이 편해
지기도 한다. 거울은 그냥 그대로 가만히 있는데 나는 수십 개의 얼
굴을 가진 한 생명체로 변하고 있음을 느낀다. 거울 속에 비친 내
모습이 이렇게 다양하게 보인다는 것을 별로 의식하지 못하고 살
았다. 그것은 겉으로 비치는 겉모습의 실체보다는 내면의 변화를
더욱 확연하게 비춰주고 있었다.

  내가 웃을 때 마주하고 있는 사람도 행복했으리라. 웃음에 인색
한 나는 얼마나 많은 사람들을 우울하게 했을까. 인간의 내면을 표

현하는 통로가 얼굴이라고 했던가. 그렇다면 자신의 얼굴은 스스로
가 남긴 삶의 흔적이며 보이지 않는 가슴속까지 보여지는 마법의
거울일 것이다. 진작 그것을 깨달았다면 좀 더 부드럽게, 예쁘게 웃
으면서 살았을 것을. 그랬더라면 지난날의 삶이 한층 더 부드럽고
풍요롭지 않았을까.

　지난날 수십 년간 교직 생활을 하면서 나는 내 학생들에게 거울이
었을 것이다. 그때 그들의 눈에 비친 거울은 어떠했을까를 생각하
면 부끄럽고 미안하다. 아침이면 거울 앞에서 열심히 화장하고, 옷
맵시를 비춰보고 출근을 했다. 그러나 내 마음이 어떤 표정으로 얼
굴에 나타나는지 비춰볼 여유를 갖지 못했다. 중요한 것은 예쁜 화
장도 멋진 옷도 아니었을 것이다. 화사하게 웃는 얼굴로 모두의 마
음을 녹일 수 있는 넉넉한 얼굴풍경을 만들었어야 했을 것이다. 매
일 거울 앞에서 표정 연습을 하는 배우처럼 나 또한 자신을 가꾸며
마음을 다스렸다면 좀 더 따뜻한 거울이 될 수 있었을 것이 아닌가.

　'삶을 성공으로 이끄는 습관'이라는 주제의 강의를 들은 적이 있
다. 그 내용 중에 '거울보고 쇼하기'라는 이야기가 있었다. 성공해
서 웃은 것이 아니라 웃다 보니 성공하더라는 것이다. 사람의 표정
은 타고나는 것이 아니라 연륜이 얼굴에 묻어나는 선물이라 했다.
웃으니 마음이 맑아지고 긍정적인 사고를 갖게 되었고, 사람과 사
람 관계가 원활해짐으로 그것이 성공으로 이끄는 바탕이 되더라는
것이다.

사람은 애초부터 기본적인 얼굴 모습을 가지고 태어난다. 그러나 표정은 그의 삶이 만들어내는 그림이다. 임금의 모습을 그려 넣으면 임금이 될 수 있고, 부처를 그려 넣으면 부처가 될 수 있다. 그곳에 무엇을 그려 넣을 것이냐, 어떤 모습이 될 것이냐는 오로지 자신이 쌓아 놓은 탑이 아니겠는가.

거울에 비친 내 모습 속에서 거슬러 올라 갈 수 없는 세월을 느낀다. 이제 더 이상 어찌할 수 없는 나이가 되었고 내가 나일 수밖에 없는 순간이다. 그러나 남은 시간이나마 날마다 보이는 실체의 모습과 보이지 않는 내면을 충실히 가꾸어 가리라. 훗날 거울 앞에선 내 모습이 좀 더 따뜻해지기 위하여.

그리고 하늘을 보다

가끔 하늘을 본다. 무한한 하늘은 텅 비어있지만 실은 바람으로 가득 채워졌다고 하던가. 뜬구름에게 마음을 실어본다.

삶의 불확실성 속에서 전전긍긍하는 현대인들을 더 아프게 하는 것은 마음의 의지처가 없다는 것이다. 슬픔이 가슴을 꽉 채워도 그 속을 털어놓을 곳을 찾지 못하는 것이 오늘의 인간사인 듯하다. 이러한 현실 속에서 자신을 지탱해 주는 돌파구는 무엇인가.

살아온 세월이 언제나 장밋빛이 아니었고, 언제나 맑고 밝은 날은 아니었다. 소리 지르고 싶을 때 마음껏 소리 지르고, 펑펑 눈물을 쏟으며 울고 싶을 때도 많았다. 하지만 속 시원히 그렇게 해 보질 못했다.

스스로를 달래고 현실을 극복해 보려고 발버둥 치던 날들, 그때 그 젊음의 열정으로도 어쩔 수 없었을 때면 저만치 높은 하늘에 떠도는 구름을 본다. 순간 내가 구름이 되어 또 하나의 나를 보게 된

다. 내면의 세계를 응시할 수 있는 시간과 공간이 열린다. '지금 너는 어디로 가고 있는가. 진정으로 갈구 하는 것이 무엇인가.' 이런 수많은 이야기들이 가슴 속으로 밀려든다. 그러면 긴 호흡으로 자신을 진정시킬 수 있었다. 현실을 바라볼 수 있는 눈과 마음의 넓이가 다시 정해진 것 같기도 했다.

내가 하늘을 올려다보는 습관이 생긴 것은 고등학교 시절부터였다. 10월 쯤 되었으리라 기억된다. 오후였다. 세계사 수업을 하고 있던 중이었다. 선생님께서 문득 한마디하셨다.

"마음이 괴롭고 힘들 때 하늘을 쳐다봐. 그러다 보면 마음이 좀 편해질 거야." 그때 그 선생님이 무슨 생각으로 우리에게 그런 말씀을 하셨는지는 잘 모르겠다. 우리가 몹시 힘들어 보인 건지, 아니면 우리들이 모르는 학교 내에 어떤 문제가 있었던 건지 나는 모른다. 다만 그 선생님이 생활 주임이었으므로 '어떤 상황이 있었을 수도 있겠구나.' 그런 생각을 하게 된 것은 한참 뒤의 일이다.

"하늘을 보렴." 하시던 그 말씀이 평생토록 내 마음을 다스리는 금언이 될 줄은 그때는 몰랐다. 메마르고 부조리한 현실 속에서 바른 정신으로 살아가려는 사람들. 그들에게 스스로를 지탱할 수 있는 버팀목은 무엇이었을까. 나에게 하늘을 보며 마음을 다스릴 여유가 있었던 것처럼 다른 많은 사람들에게도 그 무언가가 있어 참고 견딜 수 있는 버팀목이 되었으면 좋겠다.

살아오면서 그 누구의 이야기를 진지하게 들어주지 못했다. 친구의 아픔도, 사랑하는 가족들의 이야기에도 귀 기울여 본적이 얼마나 있었던가. 또한 나 자신의 이야기도 털어놓지 못했다. 혼자 묻고 스스로 답하면서 마음속에 외딴 섬을 만들고, 그것을 자꾸만 키워가지나 않았을까. 이제는 좀 더 감정에 솔직해지고 싶다. 그리고 남의 이야기도 가슴으로 들어줄 수 있기를 염원한다. 지금 생각해 보면, 하늘의 구름을 쫓는 버릇이 없었다면 험난한 세월의 강을 건너오기가 더욱 힘들었을 것만 같다. 아프고 괴로울 때나 즐겁고 행복할 때 문득 떠오르는 사람이 있다는 것이 얼마나 행복한 일인가.

오늘 하늘을 쳐다보며 그를 생각한다.

"선생님, 마음이 괴로울 때마다 하늘을 보면서 자신을 다스렸습니다. 정말 감사합니다." 라고 이야기하고 싶다.

하늘을 본다. 인생은 뜬구름이라 했던가.

들꽃 동산

들길을 걷는다. 파랗게 물든 들판 저 멀리에 녹음 우거진 산을 바라보며 풀 언덕에 엉덩이를 붙이고 앉았다. 농수로에 흐르는 물길 따라 지난 이야기들이 어른거린다.

어린 시절을 시골에서 보낸 나는 자연 속에서 사계절 변화를 느끼며 즐겼다. 그런 탓에 오늘날 오염된 도시 속에서 자라는 아이들이 안타깝게 느껴질 때가 있었다.

대도시 한복판에 위치한 학교에 근무할 때의 일이 생각난다. 그 회색의 벽 속에 자연을 불러들이고 싶어졌다. 시멘트 상자 속에서 자라는 어린이들이 아름다운 들꽃을 접하고 식물의 자람을 보면, 고운 심성이 길러지지 않을까 라는 소박한 기대를 하였다.

옆 반 선생님과 복도 코너에 흙으로 작은 동산의 틀을 만들었다. 들판을 헤집고 다니며 얻은 식물들을 하나하나 옮겨 심고 강가에서 가져온 돌들로 가장자리를 꾸몄다. 메꽃과 질경이, 엉겅퀴, 그리고

이름 모를 작은 들꽃과 덩굴 식물들을 심었다. 그럴듯한 소공원이
되었다. '들꽃 동산'이란 이름도 붙였다.

아이들은 이 동산을 좋아했다. 사전을 찾아 들꽃과 풀들의 이름
을 써서 꽂아 두었다. 어린이들은 계단을 오르내리며 그 곳을 들여
다보며 호기심을 보였다. 혹시라도 들꽃들을 훼손하지나 않을까 염
려했던 내 마음은 기우였다.

원했던 대로 아이들의 심성이 고와지기라도 했던 건가, 아니면

자기들도 이러한 작은 동산이 생기기를 소망한 적이 있었던가. 풀꽃들의 이름을 물어 오는 아이들도 많아졌다. 더러는 일기장 속에 그 작은 들꽃 동산 이야기가 등장하기도 했다. 정성을 쏟은 만큼 아이들의 관심도 높아졌고 다른 선생님들께서도 동산에 심을 식물들을 보태 주셨다. 즐거운 마음으로 잘 가꾸었다.

햇볕과 바람, 물과 토양, 이러한 생장 조건들을 생각하며 최적의 환경을 만들려고 노력했었다. 그러나 이 동산을 처음 구상했을 때 염려했던 대로 일조량이 문제가 되었다. 정성을 다해 돌보았지만 식물은 튼튼하게 자라지 못하고 꽃은 더구나 잘 피우지 못했다. 틈만 나면 그 곳에 쪼그리고 앉아 종알거리는 아이들에게 실망을 줄까 걱정이 되었다.

음지 식물이나 아무 곳에나 잘 자라는 외래종으로 교체하여 심는 방법도 있었다. 하지만 나의 목적은 잊혀져 가는 우리 들꽃들을 학생들에게 보여 주는 것이다. 그래서 궁여지책으로 매주말 들판을 헤매고 다니게 되었다. 시들거나 죽은 식물을 뽑아내고 다시 심기를 반복했다. 이렇게 바꿔 심기를 하는 동안 문득 언젠가 읽은 '교체 동물원'이라는 동화가 생각났다.

'산속에 각종 짐승들이 평화롭게 살고 있었다. 어느 날 원숭이와 사슴이 동물원으로 뽑혀갔다. 산속에 남겨진 동물들은 그들이 무척 부러웠다. 먹을 것 구하려고 고생하지 않아도 될 것이고, 힘센 짐승들에게 잡아 먹힐 염려가 없으니 얼마나 좋을까.

동물원으로 실려 간 원숭이와 사슴은 참 행복했다. 하지만 하루 이틀 지남에 따라 그들은 차츰 생기를 잃어갔다.

그때쯤 산속의 새들은 동물원으로 간 친구들을 찾아가 보았다. 행복하게 잘살 것이라 생각했었는데 그렇게 보이지 않았다. 고향의 맑은 공기와 흙과 숲이 그리워 마음의 병이 생긴 것 같았다. 산으로 돌아온 새들은 동물들과 연구를 했다. 그리하여 가끔씩 산속 친구와 동물원 친구의 자리바꿈을 하면서 살아가게 된다.'

는 이야기다.

내가 들에서 잘 자라고 있는 들꽃들을 뽑아다가 도심 한가운데 옮겨다 놓고는 정성을 다 했다고 내가 자연을 사랑한다고 할 수 있을까. 자연은 자연 속에 있을 때가 가장 아름다운 것을 그 순리를 어기고 들꽃 동산을 인공의 시멘트 벽속에 만들겠다고 설쳐댔으니 얼마나 어리석은 발상이었을까.

몇 해 후 그 학교에 다시 갈 일이 있었다. 주인이 바뀌면 모든 환경이 변하기 마련이다. 그 동산에는 아름답게 꽃피운 화분들로 꾸며져 있었다. 그래 바로 이것이다. 들꽃은 들에 있어야 하고 도심에는 그곳에 알맞게 길들여진 것들이 있어야 한다.

봄의 문턱에서

봄이라고 하지만 아직 겨울이 남아 있는 어정쩡한 계절이다. 수년 전 그 해 겨울은 몹시 추웠고, 3월이 되어도 겨울의 잔병殘兵들은 철수할 기미를 보이지 않았다. 이럴 때 꼭 입학식 날이 오고 새 학기가 시작된다. 설렘과 두려움으로 학교를 찾은 어린이들은 긴장감과 장난기를 함께 머금은 눈빛으로 나를 쳐다본다.

해마다 겪는 일이지만 그때마다 봄의 새싹들을 만나는 반가움과 중압감으로 나를 긴장시킨다. 다양한 환경 속에서 자란 각기 다른 수십 명의 아이들과 새로운 인연을 맺게 된다. 이들이 제각각의 개성 있는 모습으로 일 년 동안 잘 자라줄까. 아무 사고 없이 넉넉한 마음으로 서로 사랑할 수 있을까. 이런 수많은 생각에 붙잡혀 있었다.

그때 누군가가 팔을 당겼다. 갑작스런 일이라 무척 놀랐다. 그는 무작정 내 손바닥에 뭔가를 쓰기 시작했다. 그녀는 농아였다. 옆에

는 아이의 아버지도 그를 물끄러미 보고 서 있었다. 우리 반 앞줄에 서 있는 철수(가명)가 자기의 아이라는 것과 잘 부탁한다는 글을 썼다. 자식을 바라보는 그들의 눈에는 대견함과 걱정스러움이 함께 존재했다. 자식에 대한 정성은 여기 온 모든 학부모들과 다를 바가 없었을 것이다.

학교란 각기 다른 환경에서 자란 어린이들이 모인 집단이다. 서로를 인정하고 화합할 수 있는 인격 형성이 절실했다. 그 와중에서도 학부모들은 자신들의 잣대로 담임을 평가하기 쉽다. 교사들의 봄은 이렇게 시작되고, 학생과 학부모들로부터 받는 중압감으로 언제나 마음 졸여야 했다.

나는 그 농아 부부의 희망 어린 눈빛과 염려스러운 마음을 충분히 읽을 수 있었다. 의사소통의 어려움과 남다른 환경에서 자란 자식의 학교생활이 걱정스러울 것이다. 자식과 부모 간에 생각의 전달이 어려웠던 이들에게 철수가 문자를 자유롭게 활용할 수 있다면 가족 간에 감정 교환의 폭이 넓어지리라 기대도 해 보았다. 사랑과 정성으로 이 슬픈 농아 부부에게 희망을 주고 싶었다.

하지만 그는 우리가 너무나 당연시하는 인간의 품성이 당연하지 않다는 것을 절감하게 했다. 성급한 기대였음을 금방 알게 되었다. 학교 업무가 힘든 것은 당연하지만 철수의 걷잡을 수 없이 산만한 행동은 나의 인내심을 바닥까지 끌어내렸다. 땅에 떨어지기 무섭게 튀어 오르는 고무공처럼 그는 항상 반항적이었다. 친구들의 호

의도 받아들이지 못했다. 부모 또한 집에서 생긴 문제의 해결 방법을 내게서 찾으려 했다. 그때마다 아이와 그 부모에게 최선을 다해 바람직한 길을 찾으려고 노력했지만 생각대로 되지 않는 것이 인생이라 했던가. 번번이 좌절할 수밖에 없었다.

철수의 이해할 수 없는 행동 너머에는 떨칠 수 없는 그림자가 끝없이 그를 괴롭히고 있는 것이다. 남들과 비교되는 자신의 처지가 창피하고 부끄러웠던 것 같다. 그리고 부모와 감정 소통의 어려움, 이러한 복잡한 심리를 표현할 능력도, 참아낼 힘도 없는 어린아이인 것을 어른들이 이해하려 들지 않는다고 생각했을 것이다. 그래서 그는 외롭고, 그 처절한 괴로움을 공격적인 행동으로 표출하고 있는 것이었겠다.

지금 철수에게 선의의 충고도 필요하고 단호한 꾸지람도 필요하다. 하지만 잘못을 일일이 들추고 꾸짖는다고 고쳐지는 것도 아니다. 오히려 서로에게 상처만 남게 될 것이다. 그렇다면 모든 바람직하지 못한 행동을 그냥 손 놓고 바라보기만 해야 하겠는가. 여기까지가 나의 한계인가 싶은 생각에 힘이 빠진다.

인간의 힘으로 인간을 새롭게 한다는 것 그건 어쩌면 꿈이 현실로 돌아오는 것만큼 어려울지 모른다. 똑같은 상황이라도 누구나 같이 행동을 하리라는 보장을 할 수 없는 것이 인간의 마음이다. 이럴진대 스스로를 다스릴 능력이 없는 어린이인 경우 행동 개선이란 마치 답이 없는 계산을 끝없이 하고 있는 것과도 같지 않을까.

그해 내가 할 수 있었던 것은, 스스로 자신이 진실하게 노력할 의지가 보일 때 많은 사람으로부터 사랑받을 수 있다는 것을 자기 수준만큼이라도 이해해 주기를 기다리는 것뿐이었다. 예고도 없이 돌출하는 행동은 조금도 변함이 없는데 한 해는 저물어간다. 결국 세상의 매듭을 푸는 것은 시간이기에, 훗날 더 훌륭한 선생님을 만나 바르게 자라기를 기대하면서 그와의 인연을 마무리할 수밖에 없었다.

　제법 많은 세월이 흘렀다. 그리고 또 3월이 왔다. 해마다 이때쯤이면 입학식 날 한 아이와의 만남이 생각난다. 그리고 사람들 속을 비집고 내 손바닥위에 글을 쓰던 한 어머니의 눈빛이 선하게 떠오른다. 지금쯤 그들은 어느 하늘 아래서 어떤 모습으로 살고 있을까.

별꽃

먼 산위의 잔설은 봄을 아직 멈칫거리게 한다. 사늘한 바람이 가슴께까지 스며드는 봄날 나는 일상에서 벗어나고 싶어 길을 나섰다.

굽이굽이 산길을 돌아드니 조용한 들판이 눈에 들어왔다. 황량하기 그지없는 들판에는 마른 벼 뿌리만 줄지어 서 있다. 들길을 한참 들어가면 저수지가 고요를 담고 있다. 그곳을 지나 산 구비를 돌면 아늑한 농촌 마을이 보인다. 옛날 내가 살던 고향마을을 많이 닮았다. 바람은 아직 차갑다.

먼데 산위에 흰 눈이 남았으나 그 위를 스치는 햇살은 봄의 따스함을 느끼게 한다. 하늘을 보고, 먼 산을 보고, 그리고 빈 땅을 밟으며 가슴으로 옛이야기를 듣는다. 쑥을 만나고 냉이를 만나면 지나간 날의 기억들이 아지랑이 되어 되살아난다. 친구들, 가족들, 그리고 수많은 일들이 더러는 즐겁게 더러는 부끄럽게 가슴을 적신다.

어린 시절 이른 봄이면 바구니를 들고 쑥 뜨으러 자주 나갔다. 그

건 쑥이 목적이 아니라 허구한 날 되풀이
되는 답답한 삶의 굴레에서 벗어나고 싶
은 구실이었다. 나목만 즐비한 텅 빈
과수원에 바람에 실린 낙엽들이 이
리저리 몰려있다. 나뭇잎을 살짝
걷으면 그 속에 어린 쑥과 냉이
가 자라고 있다. 그것을 바구니
에 정성껏 담아 집으로 온다.
어머니께서는 "야야, 아직 어메야 아베야
하는 이렇게 어린놈을 먹으면 하늘이 욕하겠다."라고 하
신다. 그 말씀이 내겐 어른이 된 지금까지도 울림이 되어 남아 있다.

　쑥과 냉이를 캐면서 이리 저리 헤매다가 한 무리의 꽃을 발견한
다. 그것은 빈 들판위에 쏟아 놓은 별무리같이 작은 꽃들의 모임이
다. 이른 봄 언 땅에서 실낱같이 가녀린 줄기위에 아주 작고 약하게
피어나는 꽃, 그 흔들림에 매료되어 이맘때쯤이면 들판을 헤맨다.
크지도 화려하지도 않은 작은 것이 겨울의 혹독한 시련을 이기고
언 땅위에 꽃피운다.

　별꽃의 강인함에서 옛날 어머니의 모습이 떠오른다. 모든 만물이
소생하기 전 황량한 바람만 스치는 빈 들판에 조용히 무리지어 피
어나는 꽃. 그것은 세상사 힘들고 지친 사람들에게 희망과 미소를
준다. 고달픈 이들의 가슴에 작게나마 제일 먼저 정을 줄 수 있는

그 꽃은 생명의 강인함과 소중함을 일깨워 준다.

진정한 꽃의 아름다움이란 색깔과 모양이 아니라 보는 사람에게 주는 속뜻이 아니겠는가. 그리고 그 꽃을 보는 이가 꽃에게 보내는 애정이며 사랑이 아니겠는가. 나는 이 꽃을 별꽃이라 부른다. 이 꽃은 내 어머니의 삶이요 어머니의 모습이다. 그에겐 젊은 시절의 행복이란 단어도, 사랑이란 단어도, 너무나 짧은 순간에 꿈같이 스쳐가 버렸다. 어머니의 일생은 빈 들판에 홀로선 바람의 나무였다.

어머니를 둘러싼 세상사들은 잠시도 편하게 두지 않았다. 하지만 그 삶의 내면에는 아무도 거스를 수 없는 인내의 뿌리가 깊이 박혀 있었다. 바람의 생채기에 몸저눕더라도 뿌리째 흔들리지 않으려고 스스로를 다스리며. 가혹한 현실을 견뎌냈을 것이다. 그리하여 가족과 주위의 모든 이들의 삶에 평온을 줄 수 있는 꽃밭이 되어 주었다.

밤이 어두울수록 별은 더욱 빛나듯이 겨울이 혹독할수록 더욱 아름답게 피어나는 이 꽃을 보면 언제나 어머니 생각이 난다. 인고의 삶을 살면서도 단아한 자태와 올곧음을 잊지 않았던 그 삶을 생각하게 한다. 그것은 연약하고, 온화하고 너그러우면서도 그 앞에 닥친 어떤 어려움에도 참고 견디는 별꽃, 어머니는 별꽃이 되어 우리에게 삶의 길을 가르쳐 주려 하셨는가.

갈 곳 잃은 바람은 이리 저리 흔들리고 작은 별꽃은 수십 수백의 언어들을 내게 전한다. 그리고 산 골골이 따뜻한 바람이 불어오고 봄을 기다리던 수많은 꽃들이 화려한 빛으로 피어날 때쯤이면 이 별꽃은 서서히 자리를 비켜 준다.

겸손하게, 너무나 겸손하게 온 몸으로 삶을 소중히 살아온 별꽃은 인고의 그늘까지 안고 어디론가 떠나간다.

가시버시들의 봄꽃 여행

햇빛 가득한 날 길을 떠난다. 비 그친 뒤의 투명한 하늘과 청량한 공기를 온몸으로 느끼며 자연에 도취된 철부지가 되어. 꽃길 따라 흘러가는 가시버시들의 예순을 넘긴 나이테를 오늘은 지워버렸다.

먼 산마루에는 흰 눈이 남아 있다. 실려 오는 바람이 아직은 차다. 그래도 봄은 기어이 온다. 모진 추위와 세찬 바람을 이기고 메마른 가지에 꽃을 피우고 잎을 키운다. 인고의 세월이 있어 봄이 더욱 아름다운 것이 아닐까.

고속도로를 달린다. 쭉쭉 뻗은 가로수들도 분주하다. 그 아래 이름 모를 작은 꽃들이 피어나고, 늘어진 수양버들 잔가지에는 연둣빛 물감이 조심스럽게 흘러내린다. 모든 생명 있는 것들이 부산하게 움직이고 있다. 들판에서는 벌써 부지런한 농부들의 일하는 모습이 눈에 들어온다. 밭 갈고 씨앗을 뿌리며 한 해의 꿈을 심고 있는 것이다. 그들의 등 뒤로 만발한 산수유꽃이 노란 옷차림으로 아름다운 봄 풍경을 그려놓는다.

　한참을 달려 구례 산동면에 도착했다. 마을 초입부터 길가엔 온통 산수유나무가 늘어서 있다. 먼 데 산기슭에는 매화꽃이 한창이다. 마치 눈구름이 뭉게뭉게 떠다니는 듯, 한바탕 꿈같은 세상을 만든다. 이곳은 어제까지 산수유 꽃 축제가 열렸던 터라 다행이도 오늘은 거리가 한산하고 깨끗하다. 노란 물감을 풀어 흩뿌려놓은 듯 지천이 황금빛으로 눈이 부시다. 어디를 둘러봐도 아름답고 청초하다.

　주위에는 온통 꽃으로 가득하다. 화려하게 피었다가 한순간에 저버리는 봄꽃들, 그것은 마치 사람들의 젊은 한때를 보는 듯하다. 지

고난 후에 아쉬워하는 것은 청춘이나 봄꽃이나 마찬가지 아닐까. 짧기에 더욱 강렬하고 아름답게 느껴지는 것이겠지. 봄비가 내려 어느 한순간 꽃잎이 우수수 떨어지기 전까지는 낙화의 허무를 알지 못하고, 삶의 질곡을 빠져나와 거울 앞에 서기 전엔 왜 청춘이 아름답다 하는지 이해하지 못할 것이다.

"누가 봄을 젊은이의 것이요, 늙은이의 것이 아니라 하던가. 젊은이의 봄은 기쁨으로 차 있는 홑겹의 봄이지만, 늙은이의 봄은 기쁨과 슬픔을 아울러 지닌 겹겹의 봄이다."라고 노래한 윤오영의 시 한 구절이 생각난다. 그렇다 우리들의 봄은 겹겹의 봄이다. 결코 화려하고 가볍지만은 않은 인고의 세월을 살아온 겹겹의 봄임에 틀림없다.

산동면 상위마을의 산수유꽃 만발한 산기슭에서 도시락으로 간단한 점심식사를 했다. 각자 준비해온 음식들을 내어놓으니 여느 식당의 값비싼 밥상 못지않게 푸짐하다. "봄꽃과 더불어 한잔 함세, 그리고 꽃에 취하고 술에 취해 보세나." 주고받는 이야기에 흥취가 절로 난다. 수십 년 공직생활로 켜켜이 쌓인 찌꺼기들이 일시에 녹아내리는 듯하다. 넥타이라는 고삐에 끌려 다닌 세월이 어떠했던가. 이제는 야생마처럼 방목되었으니 그 해방감을 마음껏 누려보고 싶은 순간이다. 뒤풀이로 쑥이나 한줌 뜯어다가 내일 아침에 봄 향내 나는 국을 끓여 봐야겠다.

돌아오는 길. 시선이 머무는 곳마다 꽃들의 축제가 한창이다. 모든 풍경들은 뒤로 달아난다. 봄날의 찬란함이 꿈결처럼 왔다가 덧없이 간다 해도, 오늘 함께한 가시버시들의 행복한 순간만은 오래도록 기억되리라.

우리들은 또다시 길들여진 일상으로 돌아간다. 기다리는 사람 있어 일하고 싶어지고, 갈 곳이 있어 즐거운, 이토록 사소한 일에 행복이란 것을 느낀다.

2
그릴 수 없는 그림

언젠가는

오랫동안 미루었던 집 안 정리를 시작했다.

서랍 속, 그곳에는 주인을 기다리는 갖가지 물건들이 있다. 아무렇게나 쓴 메모지, 신문이나 잡지를 스크랩해 둔 자료, 여행 가이드북과 수백 장의 사진들. 언젠가는 쓰임이 있으리라는 생각으로 모아 둔 것들이다. 하지만 대부분 다시 들춰 보는 일은 드물었다. 그러면서도 시원스럽게 버리지 못한다.

장롱 서랍에 오래된 보자기가 하나 있다. 그것은 결혼을 앞두고 수를 놓다가 끝내지 못한 채 가져온 자수 병풍이다. 해마다 한 번씩 꺼내서 버릴까 말까 망설이다가 언젠가는 반드시 완성하리라는 생각으로 다시 넣어 둔 것이다. 벌써 수십 년째 그대로 잠자고 있다. 언젠가는, 언젠가는 하다가 빛이 바래고 시간은 흘러 버렸다.

한 생각 접어 두고 다시 베란다 창고로, 부엌 찬장으로 부지런히 옮겨 다니며 정리를 했다. 이것저것, 언젠가는 필요로 할 때가 있으

려니 하고 쟁여둔 것들이 수북하다. 그중에는 일 년에 한 번도 꺼내
지 않는 물건들도 많다. 오늘은 기어이 말끔하게 치우리라 작정하
고 일을 시작했다. 그러나 몇 번씩 들었다 놓았다, 버리는 쪽과 남
겨 두는 쪽으로 손은 수없이 왔다 갔다 한다. '언젠가는'이 언제인
가? 나도 모르는 자문을 한다.

　다시 기억 속에 잠겨 있던 오래 전의 꿈과 소망이 되살아난다. 이

렇듯 소소하고 하잘것없는 것들에 집착하는 이유는 그림을 그리고 싶었고 글을 쓰는 작가가 되고 싶었기 때문이다. 그리고 또 하나, 일상이 지루하고 재미없을 때 훌쩍 여행이라도 떠나고 싶다는 소망이 있었다. 그러나 호락호락하지 않은 삶 앞에서 번번이 주저앉을 수밖에 없었다. '언젠가는'이라는 생각만으로 가슴 밑바닥에 깔아 두고 희망과 꿈을 유예시키고 미적거렸다.

'언젠가는'이란 막연한 그 말은 삶이 힘들고 절박할 때 위로 받고, 견디기 어려운 현실을 비켜 갈 수 있는 지혜가 되기도 했다. 또한 이루지 못할 꿈에 대한 절망 같은 게 밀려올 때면 끝없는 기다림으로 오늘을 견딜 수 있는 희망의 메시지도 되었다. 그것은 소망을 향해 인내하며 노력할 수 있는 근원이 되어 주었다. 그러나 때론 지키지 못할 공허한 약속을 하기도 한다. 삶에 여유가 생기면 부모님께도 잘하고 형제들에게도 잘해 주겠다고 다짐을 했고, 항상

"엄마, 우리 형편이 좀 좋아지면 좋은 거 많이 해드릴게요."라고

약속을 했었다. 하지만 어머니는 내가 가장 힘들었을 때, "얘야, 언젠가는 옛이야기 하면서 살날이 올 것이다. 그러니 너무 마음 졸이지 말고 살아라." 이 말씀을 남기고 하늘나라로 가셨다. 지금이 고비겠지, 조금만 견디면 모든 것이 해결될 것이라는 기대로 내가 아끼고 챙겨 줘야 할 사람들에 대한 관심을 자꾸 뒤로 미뤘다. 이렇게 십 년, 이십 년, 귀한 순간들이 '언젠가는'이라는 말만 하다가 흘러가 버렸고, 지키지 못한 약속들은 내게 돌이킬 수 없는 후회와 깊은 상처로 가슴속에 남겨놓았다.

세월은 너무 빨리 지나가고 등 뒤는 항상 아쉬움이 남았다. 언제까지 이렇게 머뭇거릴 것인가. 망설이다가 인생을 끝내어서는 안 된다는 생각이 섬광처럼 스쳤다.

지금 하자, 더 늦기 전에. '언젠가는'이라는 단어가 아닌 '지금부터'라는 말로 고쳐 쓰기로 했다. 그리하여 늦었지만 오래 전부터 가졌던 꿈을 실행에 옮길 용기를 얻었다. 비록 유명한 작가나 화가가 되지는 못해도 그 길에 입문하게 된 것만으로도 감사하고 싶다.

지금 내게 소중한 일들과, 만나고 싶은 사람 그리고 삶의 현장에서 일어나는 모든 상황들이 언젠가는 흐르는 시간 속으로 사라질 것이다. 또한 모든 이들의 기억 속에서 지워질 것이다. 그러나 순간 순간에 최선을 다하고 싶다.

내일 모레 그리고 먼 훗날, 웃으면서 이 세상을 떠날 나를 위하여.

오늘 하루

소파에 비스듬히 앉아 TV를 보고 있다. 하지만 그 내용이 무엇인지에는 관심이 없다. 그냥 누군가가 이야기하고 군중 속으로 사라지고 다른 장면으로 바뀐다. 머릿속은 꽉 찬 것 같기도 하고 텅 빈 것 같기도 하다.

뜨거운 커피를 아주 천천히 마신다. 아니 마시는 것이 아니라 혀끝으로 맛만 보고 있다. 최대한 시간을 늘리면서 뭔가 확실한 가닥이 잡히기를 기대한다. 허나 생각은 군데군데 끊어지고 머리와 가슴과 현실은 제각각 돌아가고 있다. 그래서 어지럽다. 내가 왜 이러고 앉아 있는가. 소파에서 일어났다.

흩어진 생각들을 바로잡아야 할 것 같다. 우선 두 가지 일을 생각한다. 부산에서 열리는 수채화 초대전에 참여할 것이냐. 하면 그 작품을 신작으로 준비할 것이냐, 혹은 그려 놓은 작품 중에 하나를 보낼 것이냐 아니면 참여를 포기할 것이냐다. 그리고 또 하나. 잠시도 내 머릿속을 편하게 놔두지 않는 수필 쓰기다. 벌써 오랫동안 한 편의 글도 만들어 내지 못하고 있다. 마음이 열리지 않는 것이다.

작업실에 들어갔다. 그리다가 중단한 그림 앞에 앉았다. 마음의 여유를 갖고 자유로운 감성을 살리고 싶었다. 그러나 그것마저도 한순간에 정지되고 만다. 혼란스러운 마음으로 붓을 잡았으니 제대로 될 리가 없다. 붓을 놓고 일어났다.

쓰다만 수필이 생각이 났다. 글을 마무리하기 위한 감정 조절이 필요해 컴퓨터를 켰다. 이메일로 늘 받아 보는 '문장 배달' 사이트에서 르 클레지오 작 '허기의 간주곡' 중 일부를 낭송하고 있다. 은은한 음성과 잔잔히 흐르는 배경음악이 간간이 들려온다. 눈은 컴퓨터 화면을 보고 귀는 낭송을 듣는다. 그러나 머릿속은 전혀 다른 것을 생각한다.

수필을 어떻게 쓸 것이냐. 수많은 수필 이론들, 그리고 평론가마다 다른 비평, 아직 글쓰기가 완숙하지 못한 나 자신은 매번 혼란스럽고 그 어느 것도 확신이 서지 않는다. 과연 이렇게 쓰는 것이 수필인지 잡문인지 종잡을 수 없다. 그래서 마음이 닫히고 생각은 정지된다. 순간 사위가 조용해졌다. 컴퓨터에서 낭송이 끝난 모양이다. 먼지 낀 일상 가운데서도 새로운 무엇을 찾아보려고 했던 나는 실속 없이 마음만 분주하다.

그냥 공허할 뿐이다. 해도 그만 안 해도 그만인 일들에 악착같이 매달려 허덕이던 자신이 일순간 허물어지는 느낌이다. 내가 하는

일이 그렇다. 말하자면 돈이 생기는 것도 아니요 명예를 얻는 것은 더더욱 아니다. 세월 흐르면 아무것도 아닌 일에 매달려 맴돌며 괴로워했던 자신이 한심하게 느껴진다. 그림을 그리고 글을 쓴다는 것도 그냥 내가 좋아서 하는 일, 시간을 다투는 절박함도 없으니 그냥 즐기면 되는 것이 아닌가. 여유롭고 편안한 삶일진대 이해할 수 없는 강박감이 나를 짓누르고 있다.

거실로 나왔다. 다시 소파에 앉았다. 허기진 뱃속은 음식물로 채울 수 있어도 마음의 허기는 무엇으로 채울까. 의욕 없는 무기력, 감동받지 않는 덤덤함은 바로 감수성의 상실을 의미함이 아닐까. 무심한 세월은 마음의 빛깔도 풍부한 감성도 앗아 가는 모양이다. 이렇게 오늘 하루도 아무것도 못 하고 저 멀리 달려간 마음조차도 내 곁으로 부르지 못했다.

어제도 오늘이었고 내일도 오늘이 되겠지만 지금 이 순간 오늘은 다시 오지 않는다. 그런 하루를 또 이렇게 헛되이 보냈다. 그래 어차피 아무것도 못 한 하루라면 쉬어가자. 살다가 문득 발목 잡힌 날이라 생각하고 잃어버렸던 자신을 찾아보는 시간을 만들어 보리라.

그리하여 내 안에서 일어나는 소리에 귀 기울이면서 최대한 오래 조용히 내가 내 옆에 앉아 있으리라.

명품 얼굴 브랜드

친구들이 하나, 둘 모여들기 시작했다. 바라만 봐도 즐거움이 넘치는 막역한 사이다. 오늘 같은 날은 잡다한 일상들 다 접어 두고 인생의 역주행을 멋있게 노닥거려 보는 것도 재미있는 일이겠다.

이런 날이면 고달픈 삶의 하소연이며, 건강이 나빠 고생한 이야기들이 나오기 마련이다. 그럴 때면 바로 인생 상담소가 되고, 종합병원이 되기도 한다. 집단 토론 형식이랄까, 우리들은 서로의 지친 몸과 마음의 상처를 치유할 수 있는 방법 찾기에 분주하다.

각자의 경험과 지식, 그리고 다채널의 정보까지 총동원된다. 진지한 인생 상담이 이어진다. 그러다 보면 우연하게 해결의 실마리를 찾는 수도 있다. 이야기의 메뉴는 그때그때 상황에 따라 달라지고 그에 적절한 처방도 내려진다. 이것이 바로 우리들의 수다에서 배우는 인생 해법이고 만남의 구실이요, 만나서 행복한 이유다.

뒤늦게 들어온 한 친구, 안과에 다녀온단다. 속눈썹이 안구를 찔

러 염증이 생겨 고생 중이란다. 이 말이 떨어지기가 무섭게 쌍꺼풀
수술 이야기가 나온다. 방안은 일시에 성형외과 쪽으로 화제의 가
닥이 잡힌다. 얼굴에 주름살 펴기, 그리고 뼈를 깎는 성형 수술까지
점점 범위가 확대된다. 한 친구가 처진 눈꺼풀을 위로 당겨 올리며
"이렇게 하면 나 더 예뻐?"라고 얼굴을 들이민다. 그 몸짓 하나에
웃음소리가 방안 가득 넘친다.

　우리는 서로의 얼굴에서 자신의 모습을 읽는다. 주름진 얼굴, 그
리고 늘어나는 잡티가 마음속 깊이 서글픈 그림자를 드리운다. 누
구보다도 열심히 살아온 친구들이다. 힘들고 부족한 현실을 채워
가며 나름대로 결실을 맺고 있는 이들에게도 세월의 그늘은 비켜

가지 않았다. 남은 삶에 큰 변수가 없는 초로의 문턱에 선 이들이 마지막 발악이라도 하듯이 또 다른 변신을 꿈꾸고 있다.

자신들의 이야기에서 자연스럽게 배우들의 이야기가 도마에 오른다. 그들은 외모 자체가 삶의 수단이요 상품인 사람들이 아닌가. 더 아름다운 모습으로 대중 앞에 서야 하는 연예인들이 자신의 브랜드 가치를 높이기 위한 절박함이 있겠지. 하지만 사람은 서로 다름으로 아름답고, 자기만의 개성을 가질 때 최고의 얼굴 브랜드가 되지 않을까. 지극히 평범한 우리들까지 그 대열에 합류할 필요가 있을까.

결론도 없는 이야기는 제법 진지하고 구체적이다. 시간이 흐를수록 늘어나는 삶의 흉터를 덮고 고치고 싶은 욕구가 점점 커지는 모양이다. 자신의 딸과 형제들, 그리고 친구들의 얼굴 모습까지 다시 만들어 볼 계획에 열을 올린다. 나이도 존재의 가치도 다 잊어버린 사람이 된 듯하다. 마치 어느 날 갑자기 아름다운 꽃이 되어 거울 앞에 설 것처럼.

마음껏 떠들어 대는 수다를 묵묵히 듣고만 있던 친구가 입을 열었다. "얘들아. 나는 말이야 이 얼굴에 주름 하나 더 잡는 데 얼마나 힘들었는지 아냐. 그걸 왜 지워, 그러면 새로 만들어질 때까지 그 고생을 또 해야 되나." 이 말 한 마디에 스쳐 지나간 무거운 세월들이 그의 얼굴에 투영된다. 순간 방안은 숙연해졌다. 금방이라도 멋진 미인이 될 것처럼 야단법석을 하더니 그건 그냥 농담처럼 끝날 모양이다. 자신의 부가가치를 업그레이드시켜 멋진 인생반전을 꿈꾸던 열띤 논쟁은 싱겁게 꼬리를 내렸다.

　현실과 과거와 미래가 함께 공존한 내면의 세계가 마음속 깊은 곳에서부터 투영된 것이 얼굴의 바탕 화면이다. 그 위에 삶의 무게만큼이나 깊고 얕은 골 하나씩 더하고, 애면글면 키운 자식들이 그려준 검버섯과 잡티, 그리고 행복해서 웃다가 생긴 눈가의 주름 하나까지 그려진다. 이 모든 것들은 결코 쉽지 않았던 지난날의 상처요 혼적이 만들어낸 무늬 결이다. 바로 이것이 인간의 솜씨로는 흉내 낼 수 없는 명품 얼굴로 최고의 브랜드 가치가 되지 않을까.

　이제 인생 3막의 마지막 무대에서 내려설 일만 남았다. 다시 한번 변신할 수 있다면 온화하고 폭넓은 마음 바탕을 만들 것이다. 그리하여 누구의 밥상머리에서든 따뜻하고 넉넉한 얼굴반찬이 되고 싶다.

누가 내게

"사는 것이 재미있습니까?"

누가 내게 이런 질문을 했다. 갑작스런 물음에 약간 당황했다. 그냥 그렇게 세월이 가려니 하고 물 흐르듯 지나가는 거지 뭐 딱히 재미난 구석이 있을 라고.

질문자가 듣고 싶은 대답이 어떤 것인지 나는 알지 못한다. 그와는 아무런 이해관계도 없는 사이다. 지금 이 순간 차를 타면서 처음 만난 것이다. 이름도 사는 곳도 모른다. 그는 단지 삶을 위해, 아니 무엇을 위함인지 모르지만 지금은 택시기사이고 나는 그 차를 탄 손님이다. 그것뿐이다. 그런 내게 느닷없이 백미러로 보면서 던지는 말이다.

"글쎄요, 뭐 그리 재미있을 라고요."

"그렇지요, 별거 아니지요."

이런 아무런 결론도 소득도 없는 대화가 오고 가지만 그래도 그냥 가는 것 보다는 생각할 여지를 던져준 그에게 감사한다. 잠시라도 삶을 돌이켜볼 기회를 만들어 주지 않았던가.

한참의 공백이 지난 뒤 내가 먼저 입을 열었다.

"산다는 거요, 뭐 재미있어 사는가요. 그냥 태어났으니 사는 거고 남에게 죄 짓지 않고 살면 잘 사는 것이지요."

"그렇지요. 그런데 말이지요. 가끔씩은 세상이 뒤집어지기라도 하면 좋겠다 싶을 때가 있거든요."

"오늘 기사님이 기분 상한 일 있었나 봅니다."

"거의 매일 그래요. 열심히 일 하다가도 괜스레 심통이 나곤 합니다. 남들은 다 잘 사는데 어렵고 힘든 일 해봐야 그것 알아주는 사람 없으니 말이지요. 나만 푸대접 받는 것 같아 억울한 거예요."

"다 그런 건 아니겠지만 잘난 사람도 정말 잘난 건지, 잘난 척 하는 건지 모를 일이지요. 행복해 보이는 사람도 그것이 진정 행복인지 남의 눈에 그렇게 보이는 건지 모르는 것이고."

"그럴 수도 있겠지요. 잘 사는 척, 행복한 척 그렇게 보이는 것뿐일 수도 있겠지요."

"사람 사는 거 별거겠어요. 저 집은 참 부러울 게 없겠다, 싶어 들여다보면 그 속엔 남모르는 아픔이 있더라고요."

"별 볼일 없는 세상 서로 이해하고 믿으면서 살면 힘들어도 살맛나겠건만 더러운 팔자……"

잠시 택시를 타고 가면서 밑도 끝도 없는 이야기를 하다가 내렸다.

그래 정말 산다는 게 뭔가. 참 바쁘게도 달려 왔는데 다시 보면 아무것도 없는 것 같다. 어떤 것이 삶이라는 건가. 보이지도 잡히지도 않는 행복이란 허상을 쫓다가 어느 골짜기로 사라질지도 모를 일. 무엇이 옳고 그른지 어떻게 하는 것이 올바른 길인지, 삶이라는 멍에를 벗어던지고 싶을 때는 어떻게 해야 하는 것이냐고 스스로에게 수없이 던진 질문이 아니던가.

자동차가 쉴 새 없이 대로를 질주한다. 아무도 쫓아오는 사람 없는데 모두들 쫓기듯 살아가고 있다. 이리저리 사람에 부딪치며 길을 걷는다. "사는 게 재미있어요?"라던 그 운전사의 말만 머릿속에 맴돈다. 삶의 재미란 것이 뭐 그리 있었겠나. 그런데 남들은 내게 말한다. 걱정할 일 없어 좋겠다고. 그래 그것이 행복이라면 그렇게 해 버리자. 더 깊은 생각한다고 해서 새로운 삶의 방향이 잡히는 것도 아닐 바에야. 나는 그냥 그대로 평온한 척하면서 안주하고 싶었다.

그러나 요즈음 아들네 집에 가는 일이 자주 생기고 젊은이들이 힘들게 살아가는 모습을 본다. 각박한 세상 속에서 힘겹게 살고 있는 자식들을 보면 잘 키웠노라고, 괜찮은 직장 갖고 안정 되게 살고 있노라고 생각했던 내 자신이 부끄럽고 미안하다. 일을 힘들어 할 때면, "세상에는 온갖 삶의 양태들이 있는 거다. 살아가려면 어떻게든 현실을 받아들여야 한다고, 열심히 살다보면 좋은 날 있겠지."라고 누구나 할 수 있는 말만 늘어놓았다. '열심히 살다보면 좋

은 날 있겠지.' 맞아 그 말, 그 생각 속에 오늘날까지 정신없이 달려
왔다.

삶은 내 의지대로 되는 것은 아니지 않던가. 재미난 것도, 그렇다
고 언제나 괴롭고 슬픈 것만도 아니었다. 다만 세상 끝이 아닌, 생
명의 끝이 인생이란 숙제를 다 하는 날이라면, 그때까지는 힘들고
괴로워도 살아줘야지.

누가 내게,

"사는 게 재미있나요." 하고 물어왔다.

"글쎄, 재미있는 척 살아보는 거지요."

비 오는 날에

창밖으로 젖어 내리는 빗줄기 속에서 지난 세월 동안 잃어버린 것들을 찾아본다. 멀리 보이는 산은 구름에 가려 있고 사방은 잠든 듯 고요하다. 공연스레 옆이 허전하다. 같이 빗속을 거닐 수 있는 사람, 아무 데나 잠시 멈춰 서서 함께 이야기할 수 있는 그 누가 그리워진다.

찻잔을 들고 거실을 서성이고 있는데 전화벨이 울렸다. 비가 오기 때문에 전화했단다. 마치 내 마음을 읽기나 한 것처럼. 외로울 때 함께해 줄 수 있는 사람이 있다는데 감사하면서 나는 집을 나섰다.

비 내리는 교외로 나갔다. 가는 길 곳곳이 마음속에 그리던 풍경들이다. 흔들리는 벼 포기 사이로 물이 흐르고, 초록 들판의 평화와 그 여유로움을 가슴 가득 채우며 달렸다. 산 가까이 이르자 골골이 흘러내린 물들이 작은 폭포를 이루고 하나의 소를 만들고 있다. 넘쳐흐른 물은 또다시 다른 물줄기로 흘러든다.

계곡의 거대한 물줄기 앞에 잠시 차를 멈췄다. 다리 아래로 힘차
게 흐르는 폭포를 바라보고 있는데 친구의 치기어린 장난이 시작되
었다. 우리는 어린아이처럼 주변을 빙빙 돌면서 동심의 세계로 빠
져 보았다. 물에서 우리는 자유와 넉넉함을 배운다. 때로는 사나운
몸짓으로 스스로 부딪혀 깨어지면서 다시 새로운 모습을 하고 모든
현상의 강과 삶의 바다를 향해 흘러간다.

산사로 오르는 길은 조용하다 못해 적막하다. 물기 머금은 풀잎
들이며 나무들의 싱싱한 냄새와 짙은 빛깔들이 우리를 맞는다. 이
름 모를 산새들의 조용한 지저귐, 그것은 아름다움이며 평화로움
바로 그것이다.

한참을 오르니 물안개 속에 작은 저수지가 잠겨있다. 주변은 온
통 녹색의 장원, 두 사람은 사랑을 노래한다. 저수지 저편에 어리는
물안개와 초록으로 물든 산을 사랑하고, 오늘 이곳에 올 수 있었음
에 사랑을 느낀다. '물안개 피는 강가에 서서 너를 바라볼 수 있다

면……' 누가 먼저랄 것 없이 거의 동시에 가요 한 소절을 부르면서 그곳에 멈추었다. 그리고 마주보고 웃었다. 저수지의 물빛보다 더 잔잔하게.

다시 비가 내리기 시작한다. 활엽수의 넓적한 이파리 사이로 한 방울 한 방울 떨어진다. 아주 천천히 그리고 조용히. 때때로 들려오는 이름 모를 풀벌레 소리를 들으며 자유로운 영혼이 되어 산길을 오른다. 구름 속에 숨죽이고 가라앉은 산사를 거닐며 속세에 오염된 심장을, 잠시나마 씻어 보았다. 한 순간이라도 이 세상과 삶이라는 무겁고 칙칙한 것들과 결별하고 싶다. 좋은 친구가 있고, 아름답고 거룩한 대자연이 있으니 탑돌이를 하듯 지성으로 마음 돌이를 한다. 지금 이 순간을 소중히 여기고 내일 어떻게 할 것인가도 염려하고 싶지 않다.

산사를 뒤로하고 돌아서는 순간 모든 풍경이 안개 저편으로 흐리게 소멸되고 있었다. 먼 산에 걸린 구름은 형체를 들어냈다가 이내 사라진다. 인생은 떠도는 구름 같다고 했던가. 두 개의 같은 모양이 있을 수 없고, 한순간도 그 자리 그대로 머무를 수 없는 수천수만의 바람으로 흩어진다.

산을 내려오면서 시선은 하늘로 향했고 마음은 구름을 따랐다. 참 평온하다. 아쉬운 정을 산속 저수지에 담아두고 우리는 내려 왔다.

언젠가 또 이런 시간이 주어진다면 비 오는 강가를 거닐고 싶다. 물의 흐름 속에서 깨달음을 찾아가는 길을 묻고 싶다.

한낮의 외출

따뜻한 햇볕이 거실 깊숙이 내려와 앉았다. 하늘은 맑고 햇살은 눈부시다. 사방은 조용하고 나는 혼자다. 낯선 사람 하나 거울 속에 박혀있다. 새삼 색다르게 보이는 그 모습이 나를 당황하게 한다.

나는 무엇에 쫓기는 사람마냥 바쁘게 치장하고 외출복으로 갈아입었다. 그리고 밖으로 나왔다. 한낮의 직사광선이 따갑게 내리쬐는 포도 위를 무슨 급한 일이라도 있는 사람처럼 황망히 걷는다.

어디로 갈까? 그래 무작정 가보자. 혼자 중얼거리며 지하철역으로 향했다. 도시는 잠든 듯 조용했고 햇살은 학교 담벼락을 부딪쳐 큰 길 위에 깔린다.

전동차를 탔다. 사람들은 정물처럼 표정이 없다. 나는 그들의 면면에 삶의 그림을 그려 넣어본다. 봉사와 헌신, 사랑과 행복, 꿈꾸는 시인, 방황하는 젊은이, 가난과 부, 이렇듯 삶이 지니고 있는 온갖 모양을 찾아본다. 행복과 불행을 함께 끌어안은 세상사를 이분

법으로 갈라 본다. 부질없는 생각에 넋을 놓고 있는 사이 차는 중앙
로역에 도착했다.

계단을 한참 오르니 밝은 하늘과 조용한 거리가 기다리고 있었다.
한낮 도심의 거리를 보고 싶었다. 그리고 혼자 걸어보고 느끼고 싶
다. 마치 내가 어디 먼 세상에라도 다녀온 듯한 그러한 기분으로.

생각 없이 그냥 백화점 근처를 서성거린다. 거기에는 사람들이
바쁘게 움직이고 있었다. 그들은 자기의 일상에 별다른 의미를 두
지 않고 그냥 스스로의 일을 즐기는 것 같다. 그런데 지금 이 시간,
내 모습은 왜 이렇게 낯설게만 느껴지는가.

나도 그들 틈에 끼어 바쁜 척 해 본다. 그러나 뭐 하나 마음 내키
는 것이 없다.

힘이 빠지고, 온 가슴이 텅 빈 느낌이다. 사람들은 여전히 각자의
일에 바쁘고 그들의 틈을 기웃거리는 내 모습은 초라하다 못해 한
심스럽다. 갑자기 사람이 그리워진다.

허탈한 마음을 안고 지하상가로 들어가 본다. 거기에 옛 동료 하
나가 옷가게를 하고 있다. 그를 만나 차라도 한잔 마시며 이야기를
나누고 싶다. 그러나 허사였다.

거리에는 차츰 사람들이 많아졌지만 나는 여전히 혼자이다. 군중
속의 외로움이랄까, 고독감이 밀려든다.

사실 나는 철저하게 혼자가 되는 그런 순간이 주어지기를 소망도
했었다. 그리고 그것이 오늘 이루어졌고, 그 무겁고 힘든 삶의 짐과

가슴 조여 오던 긴장된 순간들을 내려놓았다. 혼자 생각하고 하고 싶은 일을 하면서, 자유롭고 해방된 순간을 가져보았다. 그러나 행복하지도 편안하지도 않다. 오히려 사람이 그리워지고, 눈시울이 뜨거워진다.

익숙해 있던 일상에서의 변화, 익숙해진 사람들로부터의 분리, 그 불안에서 극복하려는 발버둥, 고독이라는 감옥에서 빠져 나오고 싶은 욕구가 내면에 잠복해 있었는가보다. 나의 소망은 혼자가 되는 것이 아니라 서로의 생각을 이야기하면서 함께 있어줄 사람을 찾아 헤맨 것이었음을 깨닫는다.

생각의 혼돈에 어지럼을 느끼며 갈팡질팡하다가 서점에 들렀다. 거기에 가면 시간 보내기가 가장 좋다. 그리고 혼자인 느낌이 들지 않는다. 이 책 저 책 눈이 지칠 때까지 뒤적이다가 시집 한권을 사 들고 나왔다.

야윈 내 그림자가 제풀에 지쳐 멈추어 선다. 나는 오랜 시간 이렇게 방황하리라는 것을 예감한다. 그리고 그 방황은 언젠가는 끝이 있으리라는 것도 짐작하면서 서두르지 않기로 작정한다.

내일 다시 해가 뜨면 그때 또 생각해 보리라. 내 마음의 자리가 어디인가를. 만약 당신이 당신의 마음과 다른 곳에서 헤매고 있거든 다시 자기의 세계로 돌아가야 한다는 말을 되새긴다. 나는 일소처럼 터덕터덕 다시 집으로 향하고 있다.

커피 한 잔의 행복

많이 심심한 날이었다. 어린이 놀이터도 텅 비어있다. 그곳에 갔다.

시소도 그네도 미끄럼틀도 조용하다. 시소에 걸터앉았다. 푹 꺼지는 바람에 엉덩이가 얼얼하다. 일어나려고 아무리 용을 써도 시소는 올라가지 않는다. 텅 빈 저쪽이 눈에 들어온다. 누군가가 그쪽에 앉아 준다면 금방 일어날 수 있으련만. 그래 그곳에 앉아 줄 사람이 필요했다.

행복이란 혼자 오지 않는 법이었다. 사람들과 부대끼면서 치열하게 살아 갈 때 그 속에서 활력도 즐거움도 생기게 될 것이다. 사노라면 시소놀이처럼 오르막도 있고 내리막도 있게 마련이 아닌가. 때론 한치 앞을 가늠하기 어려운 안갯속을 헤맬 때도 있었지. 그러나 시소에 같이 앉아 줄 사람이 있어 다시 솟아오를 수 있지 않았을까.

누구의 삶에나 펼치지 않은 채 서랍 속에 넣어둔 순수 하나쯤은 있겠다. 젊은 한때 무척 힘들었던 시절이 있었다. 직장일과 집안일, 어린아이, 그리고 연로하신 시어른 모시기까지 이 모든 것들이 나를 지치게 했다. 어느 하나도 소홀히 할 수가 없는 형편이었다. 그러니 자신을 위한 생활이란 건 저만치 제쳐두고 그날그날 무사히 지남에 신경을 곤두세워야할 때였다.

　그 해 여름은 몹시 더웠다. 조금의 여유를 찾을 수 있었던 여름방

학조차 기대할 수가 없었다. 1급 정교사 자격연수가 있어 오히려 더 힘든 시간을 보내야 했었다. 이론과 실기를 함께 해야 하는 고강도 수업이었다. 집에서 또한 온갖 잡다한 일들이 내 손만 기다리고 있었다. 연수중에 제출할 과제물이며 시험을 대비할 공부도 해야 한다. 그러나 직장생활을 빌미로 가정을 희생시키는 일이 있어서는 안된다는 것이 내 삶의 철학이었다. 이렇게 자신을 들들 볶으면서 살았다.

자연히 잠을 줄이면서 공부하지 않으면 아무것도 할 수가 없었다. 그 누구의 도움도 청할 수 없고 무심한 남편은 아는지 모르는지 자기 일만 중요하다. 원망스럽고 밉기도 했다. 하지만 그 생각조차 길게 할 수 없을 만큼 생활은 팍팍했다. 그냥 기계처럼 하루하루를 이어갔다. 지금 생각하면 그렇게 자신을 휘두르며 살아온 것이 억울하기도 하다.

연수 막바지에 체력은 바닥을 보였다. 시험을 앞두고 밤 세워 공부하고 아침 일찍 일어나 집안일 대충하고 학교로 갔다. 그날 수업을 마치고 시험이 있었다. 시험이라면 염라대왕도 떤다는 말이 있다. 시험 좀 잘 못 본다 해도 큰 일 나는 것 아닌 줄 알면서도 마음은 졸아붙는다. 공부한다지만 온갖 잡동사니 생각들로 꽉 찬 뇌 속에 또 다른 지식이 들어가 기억의 창고에 저장되기까지는 여유가 없었다. 들어가는가 싶으면 저절로 지워져버리니 힘들다 소리가 절로 나온다.

긴장의 연속은 나를 탈진시켰다. 일과를 마치고 집으로 돌아오는 길은 뜨거웠고 온 몸은 땀에 절었다. 집에 들어서는 순간 아무 말도 하고 싶지 않았다. 아니 그럴 힘이 없었다. 마루에 푹 넋을 놓고 앉았는데 남편이 부엌에서 주전자를 들고 웃으면서 나온다.

　"힘들었지, 이거 한 잔 마셔보게." 별 생각 없이 얼른 받아 마셨다. 그런데 뜻밖에도 시원한 냉커피가 아닌가. 그건 감동이었다. 평소에 무심하기 짝이 없던 사람이었으니 그날 그 감동이 더 크게 다가왔다. 나는 눈물이 핑 돌았다. 부엌 근처에는 얼씬도 하지 않던 남편이었으니 그날의 기분은 말로 설명이 되지 않는다.

　"야, 세상에서 제일 맛좋은 커피다."

　"이제 좀 살 것 같다."라는 말을 몇 번이나 연거푸 했다.

　어쩌면 이것이 이 사람의 본심인지 모른다는 생각에 그동안 섭섭했던 마음이 스르르 녹아내린다. 야박할 정도로 자기밖에 모르는 사람이란 생각을 하면서도 그 말 차마 입 밖으로 내지는 못하고 살았다. 하지만 오늘 탈진하기 직전의 아내에게 생명수처럼 내미는 그 한 잔의 커피, 그 마음을 어떻게 읽어야 할까.

　당신이 시소에 마주앉아 내 삶을 지탱해 줄 사람이라면, 지쳐 스러질 때까지 기다리지 말고 언제든 따뜻한 정을 주면서 살면 어떨까. 막걸리처럼 따라주던 냉커피 한 잔의 감동 때문에 오늘도 당신에게 속아서 사는 바보는 그 순간을 잊지 못하리다.

　행복이란 아주 소박한 데서 시작되니까.

그릴 수 없는 그림

바람이 멈춰버린 도시는 용광로 속처럼 이글거린다. 한줄기 단비라도 내려주면 좋으련만 하늘은 내 소원을 들어 주지 않았다.

공원에는 더위를 피해온 사람들로 초만원이다. 놀이 기구마다 어린이들의 아우성 소리가 열기를 더해간다. 여기저기 모여 앉은 사람들 모두 더위에 지쳐 무력증에 빠진 듯하다.

수많은 사람들이 밀려가고 밀려오는 길 한 모퉁이에 모자를 눌러 쓰고 앉은 두 사람의 화가가 있었다. 나도 모르게 그 앞에서 발을 멈추었다. 한 사람은 어린아이의 초상화를 그리고 있고, 다른 한 사람은 거리의 사람들에게 초상화 그릴 것을 권하고 있었다. 정녕 그림이 좋아서 많은 사람들의 시선 따위는 아랑곳 않고 이곳에까지 나와 있을까. 순수한 예술가의 길을 걷고자 했을 당신들의 내면이 궁금해진다.

나는 그 자리에 한참 서있었다. 모델 작품으로 걸어 놓은 그림은 누구의 것인지는 모르지만 사진처럼 잘 그려진 초상화였다. 길 가던 행인 두 사람이 가까이 다가왔다. 그들은 모델로 걸어둔 남매의 그림을 자세히 보더니 자기 부부도 그렇게 그려 달라고 주문했다. 남자가 먼저 자리에 앉았다.

나는 그리기 시작하는 것을 보고 자리를 떴다. 공원을 한 바퀴 돌고 다시 그곳에 가보았다. 남자는 다 그렸고 이제 여자가 앉아 있었다. 시간은 예상보다 많이 걸렸다. 나는 화가의 뒤쪽으로 가서 그 여자의 얼굴과 그림을 비교하면서 작업과정을 구경했다. 그의 뒷모습에서 예술가의 멋과 화려함이 아닌 삶의 애환이 드리워진 그림자가 보이는 것은 왜일까.

그녀의 그림이 거의 완성되어 갈 무렵 남자가 나타났다. 그때부터 그의 남편은 화가에게 이것저것 불만을 늘어놓기 시작했다. 아무래도 자기 마음에 들지 않는 모양이다. 끝내는 화를 내기 시작했다.

"이 사람이 이렇게 생겼어? 나는 아무리 봐도 근처 가지도 않았다. 뭐 이런 엉터리 같은 그림을 그리고 있어."

날씨 탓일까 서로가 조금씩 이성을 잃어가고 있었다.

남자는 끝내 그림을 인정하지 못하고 포기하겠다고 했고, 화가는 당혹감을 감추지 못했다. 이 더운 날씨에 땀 흘리며 나름대로 열심히 노력했는데 결과는 너무나 허무하였다.

보이는 세계보다 가슴속에 있는 그 무엇의 표현을 작가에게 요구하고 있다는 것을 그의 남편은 의식하지 못한 것이 아닐까. 오랜 세

월 마음속에 아름다움으로, 때로는 깊은 상처로, 혹은 커다란 믿음
으로 새겨진 아내의 모습을 한 장의 그림 속에서 찾고자 하는 남편
의 욕심이 지나친 게 아닐까. 아무리 노련한 화가라도 오늘 처음 만
난 그녀의 내면까지 그릴 수는 없지 않을까. 예술보다 욕심이 앞서
는 그 남편의 안목에 화가의 마음은 큰 상처를 입었을 것이다.

　거리에 나앉은 화가의 모습에서 가족의 생계를 이끌어가야 하는
가장의 애환이 느껴진다. 피난 생활을 하던 우리나라의 천재화가
이중섭도 때로는 그림과 보리쌀 한 됫박을, 때로는 술 한 잔과 맞바
꾸기도 하였다고 하지 않았던가. 고달픈 삶에 지친 중섭이 '예술은

현실에서 무엇을 할 수 있느냐 는 질문을 자신에게 수도 없이 했다고 하지 않더냐.

삶의 무게는 이토록 예술가의 오만함도, 자존심도, 날카로운 감성도 모두 무디게 할 뿐인가. 살아가기가 이렇게도 힘이 드는구나 싶어 돌아오는 발걸음이 무거웠다.

마음에 드는 그림 한 장 그리는 것이 어디 그리 쉬운 일인가. 그냥 손 가는대로 움직이면 되는 것이 아니다. 그리고자 하는 대상에 대한 올바른 이해와 철저한 관찰로 자기 인식 속에 하나 됨이 없이는 좋은 그림을 그릴 수가 없는 것이 아닐까. 그렇다면 거리의 화가도 잠시 앉아 돈벌이나 하자는 심사였다면 훌륭한 작품을 그릴 수 없었을 것이요, 그림을 의뢰한 사람 또한 잠깐 동안에 좋은 작품을 기대했다면 그 역시 생각이 짧았던 것이 아닐까.

아마 화를 내고 떠나버린 그 남자에게 만족할 만한 자기 아내의 얼굴을 그려 줄 사람은 영원히 없을지도 모른다. 비록 고흐나 고갱과 같은 세계적인 화가라 할지라도, 오랜 세월 함께 살면서 마음속에 새겨진 아내의 얼굴을 누가 그릴 수 있겠는가. 화가는 대상의 외면만 그리게 되고, 남편은 아내의 내면의 모습까지도 요구하지 않는가.

진정 원하는 그림은 대상의 외양이 아니라 내면의 세계를 그려야 하기 때문이다. 육신의 눈이 아닌 마음의 눈으로 대상을 바라 볼 수 있을 때야만 영원히 남을 훌륭한 그림을 그릴 수 있는 것이 아닐까.

등불이 하나 둘 켜지기 시작하는 공원의 풍경은 또 다른 분위기를 자아낸다. 더위는 조금도 숙여들지 않고 걸음은 천근 무게다. 화가의 서글픈 얼굴과 성난 그 남자의 모습이 내 머리 속을 여전히 맴돈다.

3
가시 이불

가을을 위하여

하늘이 맑고 높다. 차창 밖으로 달아나는 가로수들은 하나 둘 가을빛으로 변해 간다. 떠나기 위한 준비를 하는 나뭇잎의 흔들림은 생의 만추를 마주한 나에게 아름다움인지 서러움인지 모를 묘한 아픔을 남긴다.

중간 목적지인 옻골 최씨 고택에 들렀다. 토담 위를 덮은 담쟁이들과 담 너머 마당에서 익어가는 석류며 감들이 가을의 정취를 물씬 풍기는 마을이었다. 하지만 이곳에서 시간이 너무 지체 되는 것 같아 조바심이 났다. 대구에서 가장 오래되었다는 수령 80년이 된 홍옥나무를 보러 간다는 말에 모든 일을 뒤로 미루고 따라 나섰기에 더욱 그러하다. 그래서 일행들보다 한 발 앞서서 둘러보고 자리 옮기기를 반복했다. 그러나 혼자서 애쓴다고 되는 일은 아니었다. 사과나무를 처음 보는 것도 아닌데 왜 이렇게 목이 메도록 그리워지는지 모르겠다.

결국은 해가 거의 넘어갈 무렵에야 과수원에 도착했다. 그곳은 1970년대 우리나라 농촌 모습과 너무나 흡사했다. 과연 여기가 대구라는 대도시인가. 차 한 대가 겨우 지나갈 정도의 좁고 구불구불한 길을 따라 가노라면 골짜기 초입부터 크지 않은 과수원들이 길 옆으로 줄지어 있었다.

어둠이 밀려든다. 나는 여기저기 자리를 바꿔 가며 카메라 셔터를 연신 눌렀다. 빛이 완전히 사라지기 전에 수령 80년 된 사과나무의 모습과 고목에 달려 있는 홍옥을 카메라에 담기 위해서다. 한참을 지난 뒤에야 주변을 찬찬히 둘러볼 마음의 여유가 생겼다. 늙은 노부부만 있었다. 그곳의 내력과 사과나무의 이야기를 들었다.

아궁이에 불을 지피는 과수원 주인이며 외양간의 소, 그리고 사과 바구니 옆에서 허리 굽히고 일하는 안주인의 모습이 보였다. 어린 시절 어머니 얼굴이 어른거린다. 어둠살이 낀 과수원에서 어머니의 모습을 만났고 그의 삶을 보았다.

새벽에 과수원을 한 바퀴 돌아보는 것으로 어머니의 하루 일과가 시작되었다. 그리고 아침부터 해가 질 때까지 그곳에서 맴돌던 모습이 가슴속에 들어와 앉는다. 뭔가가 목울대를 뜨겁게 타고 올라와 왈칵 눈물이 솟구칠 것 같다. 사람 한평생이 별것 아니건만 순간순간 그렇게도 힘들게 살아오신 것은 자기 일신만 편하자고 한 것이 아니었을 것이다. 그때 나는 몰랐다고 변명하고 또 변명한다. 시간은 너무 빨리 흘렀고 철은 늦게 들었다.

그곳 안주인이 굽은 허리를 펴면서 꼬마사과를 우리들에게 하나씩 나누어 주었다. 얼른 받지 않고 머뭇거리고 있는 내게 꼴은 이렇게 생겼어도 맛은 좋으니 한 번 먹어 보라며 손바닥 위에 올려 주었다. 굵은 포도 한 알 정도의 크기다. 그 집에서나 볼 수 있는 사과인지 모르겠다. 그것을 손에 쥐고 주변을 둘러보니 나무는 분명 사과나무인데 포도송이처럼 주렁주렁 달린 것이 있었다. 자세히 보니 이 꼬마사과였다. 그런 건 처음 보았다. 너무 늦은 시간이고 사람들도 많아서 자세히 물어볼 수가 없었다. 아직도 그 정체는 궁금하다.

바람과 햇살에서 가을의 감촉이 느껴진다. 볼이 터질 듯 옹골차게 영근 과일은 시간이 그냥 만들어낸 것일까. 뜨거운 태양도, 비 내리는 촉촉함도 그리고 후려치는 태풍도 그 속에 들어앉아 있을 것이다. 오직 이 가을을 위하여 얼마나 많은 시간들이 요동을 쳤을까. 또한 들판이 아름다운 것은 씨 뿌린 순간부터 추수할 때까지 온 힘과 정성을 다해 발품과 영혼을 기꺼이 내준 농부가 있기에 가을이라는 풍요로 남는 것이 아닐까. 비록 그들의 일생이 고달프다 해도 그 일이 바로 희망이고 삶의 보람이었다면 행복했을 것이다.

가을이 묻고 있다. 너는 인생의 가을을 위해서 어떻게 살았던가라고. 달리는 말이 왜 달려야 하는가를 생각할 틈도 없이 달려가듯이 아픔도 힘겨움도 참으면서 쫓기듯 살지 않았던가. 이제 인생의 뒤안길에서 지난 일을 생각한다. 풍요롭고 안정된 내 삶의 가을을 위하여 지나온 세월은 뜨거웠고, 때로는 얼음장같이 차기도 했었다.

아무 일도 아닌 듯해도 말없는 시간들은 늘 그 자취를 남기기 마련이다. 가을은 자연을 바꾸고, 내 마음의 빛깔도 바꾸어 놓았다. 세월이 아니면 알 수 없는 경험과 삶의 지혜도 얻었다. 그렇게 가을은 소리 없이 내게 또 찾아왔다.

그곳 그 자리

　우리 형제들은 부모님 산소를 거쳐 옛집을 찾아갔다. 승용차로 한 시간 거리에 있는 집이지만 요즘은 자주 들르지 않는다. 세상살이에 바쁘다는 이유도 있겠으나 너무 많이 변해 버린 모습이 싫어서다.

　집에 오면 언제나 방으로 바로 들어가지 않는다. 내가 제일 먼저 가는 곳은 과수원으로 이어지는 집 뒷길이다. 습관처럼 거기부터 먼저 들어갔지만 사과나무 한 그루 없는 빈 밭이 나를 맞이한다. 그 중 일부는 다른 사람이 소작을 하고 있지만 대부분은 잡초만 우거져있다.

　한때는 우리들의 꿈과 희망이 영글었고, 어머니의 소망과 삶의 의미가 여기에 있었다. 그곳에서 우린 자기 자신들을 소재로 한 잊을 수 없는 이야기들을 만들기도 하였다. 하지만 지금은 어머니도 저 세상으로 떠난 지 오래고 오빠와 언니도 차례로 떠났다. 남은 형

제들 역시 도회로 각자의 삶을 찾아 떠났으니, 더 이상 우리 가족의 낙원도 아니요 따뜻한 안식처도 아니다.

산업화로 또는 도시의 팽창으로 과수원을 가로질러 도로가 만들어졌다. 질주하는 자동차 소리들이 조용하고 평화롭던 이곳을 낯설게 만들어 버렸다. 텅 빈 공허와 서글픔과 야릇한 분노마저 가슴 저 밑에서부터 치밀어 올라온다. 화를 삭이느라 애먼 돌을, 풀뿌리를 발로 차면서 집으로 들어왔다.

사랑채 툇마루에 걸터앉아 보았다. 마루는 퇴색된 채로 삐걱거리고 집 뒤의 대밭에는 빈 바람만 스쳐간다. 세월의 무상함이 내 몸으로 들어온다. 반 백 년을 넘긴 집이라 여기저기 생채기가 나고 허물어져 폐허가 되어간다. 나는 돌아본다. 살아온 시간, 지난 세월과 지금의 삶을.

언제나 손님이 끊이지 않던 유년시절의 우리 집. 나는 그런 번잡하고 소란스러움이 너무나 싫었다. 단칸방이라도 자기네 식구끼리 오순도순 사는 친구들을 부러워했다. 그 시절 우리 집을 드나들던 사람들은 지금 어디서 무엇을 하고 있을까. 지금쯤은 꿈을 이루어 잘 살고 있을 것 같기도 하다. 혹은 이 집만큼이나 쇠락한 육신이 되었던지, 우리 부모님들처럼 돌아올 수 없는 영원한 고향으로 간 것인지 모를 일이다.

이곳은, 삶에 지쳐 돌아올 때 언제라도 기다려 주리라 믿었다. 고개 들면 들판 저 멀리 기차가 지나가고, 사철 아름다운 빛깔로 우리들 마음을 곱게 채색하던 풍요로운 곳이었다. 하지만 지금은 끝이 어딘지 모를 길들만 사방으로 뻗어 있다. 넓은 들판을 가로지른 길 위로 자동차들만 쉴 새 없이 달린다. 우리들의 평화와 안락했던 추억까지 빼앗아 갈 괴물처럼.

세상은 변한다. 그리고 변해야 할 것 같다. 하지만 개발이라는 이름하에 새로운 것이 하나 생기면 옛것은 철저하게 망가져 버리는 것이 가슴 아픈 일이다. 거대한 변화의 물결 속에 묻힌 인간으로서의 소외와 고독은 언제나 저만치 물러나 있어야 했다. 도시화의 뒤안길에서 고향은 버려지고 개인의 애환 어린 삶은 묻혀버린다. 조금은 느리더라도 서로에게 상처를 덜 입히고 조화롭게 변해갈 수는 없는 것일까. 이것이 어찌 내 고향에만 국한된 일이겠는가.

우리들의 진정한 소망은 무엇일까. 모두가 속내로는 태어나고 자란 고향이 풍요롭고 평화스런 옛 모습 그대로 지켜지길 원하고 있을 것이다. 그러나 누구도 자신이 그곳에 돌아가 정착할 엄두를 갖지는 못한다. 언젠가는 그 자리에 안주하고 싶어 하면서도. 이것이 삶의 허상과 실상이다.

사랑채 뒤를 한 바퀴 돌아 광으로 가 보았다. 이곳은 어머니의 손길이 가장 많이 가던 곳이요, 우리들의 눈길이 자주 머무르던 곳이다. 지금은 축축한 습기만 내 몸을 감싸 돈다. 돌 틈 사이로 잡초가 삐죽삐죽 올라온 장독대, 여긴 언제나 붉은 접시꽃과 채송화, 봉숭아가 피고 지던 곳이다.

삶이란 한 줄기 바람일까. 그렇게 힘들고 괴로웠던 지난날도, 행복하고 즐거웠던 시간도 다 날아가 버렸다. 일생을 근검과 인내로, 자신은 저 멀리 두고 살아오신 어머니의 모습이 자꾸만 어른거린다. 나는 안다 그 옛날 우리들의 행복과 아늑한 평화는 어머니의 일방적인 희생과 봉사의 대가였음을.

쓰러진 나무도 한때는 대지의 정기를 빨아들일 수 있는 뿌리 깊은 거목이었듯이, 허물어져 가는 이 집 또한 한때는 많은 이들의 안식의 공간이었으며 우리들의 행복한 보금자리였다. 영원히 그곳 그 자리에서 변함없이 있어 주리라 믿었던 곳이다.

흠다리 사과

사과 한 상자가 배달되었다. 길안에서 친환경 농법으로 과일 농사를 짓는 사람에게 얼마 전에 부탁한 것이었다. 사과는 무척 잘 익었다. 약간씩 흠이 있지만 맛은 좋아 보였다. 탐스럽게 잘 익은 것들만 골라 따먹던 나는 오늘 이렇게 흠다리 사과 상자 앞에서 흐뭇한 미소를 짓는다. 두 손으로 사과 하나를 들었다. 내손의 온기가 과육에 전해지고, 농부의 정성이 가슴으로 느껴진다.

어린 시절 나는 사과나무와 함께 자랐다. 과수원의 봄이 좋고, 여름이 좋고, 가을 또한 좋았다. 아침이면 이슬 맺힌 사과를 따먹었다. 학교에서 돌아오면 책가방을 마루에 던져두고 과수원으로 달려갔다. 바구니를 들고 이리저리 다니며 마음에 드는 사과를 따 담는다. 궤짝을 엎어놓고 앉아 배가 부르도록 먹고는 해질녘에야 집으로 들어오곤 했었다.

그 시절 우리 집에서는 사과가 바로 가정 경제의 수단이었다. 그

것이 형제들의 학비였으며 가족들의 생활비이고, 삶의 기반이었다.
그런 만큼 식구들이 평상시에 먹는 것은 상품성이 떨어지는 흠다리
사과여야 한다는 암묵적인 원칙이 있었다. 하지만 나는 다른 형제
들과는 달리 그것을 잘 지키지 않았다. 햇살에 반짝이는 이슬 머금
은 사과, 그 촉촉함을 손으로 느끼며 빛 받아 발그레한 볼을 깨물어
먹는 행복감을 무엇에 비유할까. 많은 세월이 흐른 지금도 그 맛,
그 기분은 잊을 수가 없다.

  봄이면 과수원은 꽃구름이 되어 사람들을 황홀지경에 빠지게 했

다. 향기는 마을을 휘감고 벌과 나비는 춤추며 모여들었다. 꿈처럼 하얀 꽃들은 애기사과를 만들고 그 중에 연약한 것들은 솎아낸다. 이 작업이 끝나면 맛있고 탐스런 과일로 성숙하기까지 짙푸른 잎 속에 숨어 참고 기다리며 모든 시련을 이겨야 했다. 비바람, 병충해, 그리고 목 타는 가뭄까지도.

여름이 무르익고 과육이 성숙하면 우리는 사과에게 꿈을 담는다. 먹물로 글씨를 쓴다. 튼실하고 잘생긴 것을 골라 축 합격, 행복, 사랑, 소망 같은 사람살이에 힘과 용기를 줄 수 있는 단어들을 한 개에 한자씩 썼다. 이 사과들이 익어 먹물을 지우면 빨간 껍질에 녹색 글씨가 나온다. 그것은 최상품 사과 상자 위에 고명이 되어 올려지고 비싼 값으로 팔려 나갔다.

하지만 그렇게 공들여 관리한 것들이 끝까지 잘 익어 주는 것은 쉬운 일이 아니었다. 자식 잘되라고 힘들여 일하고, 밤새워 기도한들 그들 모두가 부모의 뜻대로 될 수는 없지 않던가. 때로는 상처받고, 불구가 되어도 부모가 자식을 포기하지 않듯, 농부 역시 자기의 농작물에 대한 기대와 정성은 결과를 생각지 않는다. 비록 흠이 가고 상품성이 떨어지는 작물이 나올지라도 끝까지 최선을 다할 뿐이다.

여름의 끝자락엔 어김없이 태풍이 왔다. 바람이 비를 몰고, 비가 바람을 타고 온 천지를 흔든다. 몇 개의 과일이라도 더 남기고 싶고, 하나의 나뭇가지라도 더 보존하기 위해 일꾼들과 새끼줄로 묶고, 공금대로 받치는 일을 밤늦도록 한다. 그러나 태풍 뒤의 그 허망함이란, 지난밤의 치열했던 전쟁터를 보는 듯 처참했다.

순식간에 휘몰아친 비바람에 사과나무는 가지가 부러지고, 혹은 뿌리째 뽑혀 누웠다. 질펀하게 깔린 과일들을 바라보는 농심은 멍들고, 희망은 부러진 가지처럼 나가 떨어졌다. 이럴 때면 미련 없이 떠나 버리고 싶었겠지만 삶의 터전이란 그리 쉽게 버릴 수 있는 것이 아니었던 모양이다.

그리고 가을이 오면 맑고 청명한 하늘과 따사로운 햇빛이 우리에게 축복을 내린다. 잘 익은 과일, 그것들은 책가방 속에서도 호주머니 속에서도 우리들을 행복하게 해주었다. 억센 가지에 매달린 사과는 과수원 전체를 정열의 동산으로 착각하게 만들었다.

마지막에 수확해야 할 국광이나 부사 같은 사과는 벼 타작 시기와 맞물려 일손 구하기가 무척 어려웠다. 이때쯤이면 고양이 손도 빌린다는 추수기를 실감했다. 그런데다가 갑작스런 기온변화라도 생기면 더욱 난감해진다.

늦가을에 비가 내린다. 그것은 뼛속을 아릴만큼 차갑다. 우리들은 모든 일손을 동원하여 사과를 따야 했다. 잘 익은 과일들이 찬비를 맞으면 가뭄에 논바닥 갈라지듯 터져버리기 때문이다. 옷은 흠뻑 젖고 비 맞은 나무는 미끄러웠다. 그러나 나무 위를 오르내리고 나무 밑을 기어 다니며 정신없이 뛰어다닐 뿐 아무도 말이 없다. 다들 힘들어도 일 년간 공들인 정성을 알기에 참고 견디는 것이었다.

쉴 참에 먹는 따뜻한 찹쌀수제비로 몸을 데우고 마음을 추슬러 다시 일을 시작한다. 이것이 농촌의 삶이다.

그 시절에 자주 듣던 어머니의 말씀이 생각난다. "사과 하나에 사람 손길이 얼마나 가야 하는지 알겠니. 농사지을 때 힘든 것 생각하면 썩은 사과 하나라도 그저 주지 않을 거야." 어머니의 젖은 목소리가 가슴속 깊이 스며든다.

배달된 흠다리 사과를 앞에 놓고 하나하나 정성들여 닦는다. 벌레 먹고 터지고 찢겼어도 가을이 될 때까지 버티어 온 것만도 장하지 않은가. 사과 상자 속에서 비바람이 스쳐 간다. 해충과 싸우는 지친 농부의 얼굴도 스친다.

그러나 나는 지금도 그 곳에 가고 싶다. 흠다리 사과라도 좋으니 내 손으로 따 보고 싶다. 나와 같이 늙어 있을 사과나무 아래 서 있고 싶다.

고양이

　한여름 밤 적막을 깨트린 절규, 그것은 마치 죽음을 부르는 듯한 고양이의 앙칼진 울음이었다. 무엇 때문에 저토록 괴로운가. 잠시 후 그 소리도 들리지 않았다. 불안하기보단 섬뜩하다. 밤의 적막함 속에 풀벌레 소리는 더욱 요란하게 들린다.

　"캬욱캬욱, 캐액캐액" 고양이의 울음소리가 다시 들린다. 그건 산고에 시달리는 임산부의 고통스런 절규인가, 아니면 사랑을 갈구하는 구애의 목소리일까. 고양이의 울음이 잠시 멎었다가 다시 들린다. 이번에는 아기의 울음소리처럼 들린다. 어떤 모습의 소리이든 나는 소름끼치고 기분 나쁘다.

　꿈결처럼 기억 저편으로 끌려간다.

　지난날의 어두웠던 삶들이 유령처럼 머릿속을 떠돈다. 검은 고양이, 불이 흘러내리는 듯한 광란의 눈빛이 내 마음속에서, 내 눈앞에서 언뜻언뜻 나타났다가 지워진다.

온 천지가 어둠이었다. 별들이 흩뿌려진 여름밤, 조용한 이슬은 내 몸을 휘감고 영혼을 감싼다. 쑥댓불의 알싸한 연기가 피어오른다. 문득 들리는 소리, 온몸에 소름이 돋는다. 눈에 불빛을 번득이는 시커먼 도둑고양이가 나무위에서 내려다보고 있다. 그 음산함에 소스라치듯 놀란 나는 소리조차 지르지 못했다. "이놈 저리가."라며 살평상을 발로 쿵쿵 치는 어머니의 으름장에도 그놈 검은 고양이는 꼼짝하지 않고 계속 무언가를 탐색하고 있다.

밤은 이슥하고 어둠의 장막은 더욱 짙게 깔린다. 마주앉은 모녀는 말이 없었다. 가슴속에 밀려드는 불길한 예감 같은 걸 지워 버리려고 애쓰시는 어머니, 그리고 나는 무서움도 불안함도 입 밖에 내지 못했다. 그렇게 하룻밤이 갔다.

그 당시 아버지께서는 병환으로 큰 병원에 입원 중이었고 어머니는 아이들과 집안 건사를 위해 가끔씩 집으로 오셨다. 고양이의 출몰은 언제나 어머니의 가슴에 불길한 씨앗을 날라다 주는 듯했었다. 그토록 지악스럽게 쫓으려 애썼던 것은 고양이가 아니고 밀려드는 집안의 불운이었다는 것을 철이 든 후에야 알았다.

편안한 우리들의 안식처에 언젠가부터 먹구름이 덮이기 시작했고 그 틈으로 고양이라는 상징물이 끼인 것이다. 그는 수시로 우리의 삶을 훔쳐보는 듯했고, 우리의 행복을 훼방 놓을 수도 있을 것이라는 망상에 빠져 살던 시절이었다. 집에서 기르던 고양이마저 눈에 띄면 모질게 쫓아 버리고 밥도 굶기곤 했다. 요염한 요부, 흉악

한 저승사자. 그것이 내 영혼 속에 내재한 고양이의 모습이다. 검은 도둑고양이가 아니어도 마구 저주를 퍼부었다.

그날 밤도 마당에 있는 감나무에 고양이가 나타났다. 눈에는 불빛이 마구 쏟아지듯 광채가 번뜩인다. '요망한 것이 또 밤인 줄 알고 왔구나.' 나무에 앉아 우리 형제들을 내려다보고 눈알을 굴리며 "캬아욱 캬아욱" 거리고 있다. 아버지의 병세가 더 심해졌던 터라 집에는 우리들뿐이었다.

"이놈이 꼭 어느 누굴 잡아가려고 나타난 거냐." 하시던 어머니의 발 굴림 소리가 귓전에 맴돈다. 그렇게 처절하리만큼 무섭고 긴 밤이었다.

그해 여름 끝자락에 아버지는 우리 곁을 떠나셨다. 악연이 운명의 지침을 뒤로 돌려놓은 것일까. 분명 고양이와의 인연은 나의 유년시절을 우울하게 만들었다. 우리 가족은 힘들었지만 어떤 새로운 삶의 모습을 목마르게 기다렸다. 그러나 모든 소망은 비켜갔다.

밤이 깊어간다. 앙칼진 울음소리가 다시 들린다. 적막했던 어린 시절의 기억들이 고양이의 발톱에 할퀸 자국만큼이나 예리한 아픔으로 밀려든다.

가시 이불

　전시회장의 분위기는 낮게 가라앉아 있다. 적막한 공간의 눅눅한 채취, 그리고 조용히 밝혀진 조명 아래 관람객들은 한가롭게 배회하고 있다. 하나, 둘, 셋, 넷 그리고 다섯, 여섯, 그림 속의 영혼들이 소리 없는 울림으로 내게 다가선다.

　그들의 함축된 은유와 환상 그리고 내적 울림에 도취되어 있는 순간, 한 작품 앞에서 발을 멈췄다. 그것은 콜라주 기법의 회화 작품이다. 탱자나무 가시를 이불처럼 덮고 있는 수많은 유방들, 봉긋봉긋한 젖가슴 위에 아슬아슬하게 덮인 날카로운 가시는 숨만 크게 쉬어도 피가 줄줄 흐를 것만 같다. 형체는 너무나 또렷한데 도무지 이해가 되지 않는 해독 불능의 암호 앞에 선 기분이다.

　모든 예술 작품은 저절로 감상되는 것이지 말로 설명할 수 있는 것이 아니라고 했던가. 굳이 작품에 대한 작가의 의도를 알려고 하지 말고 그냥 생각하며 볼 일이다. 하지만 그 모호함과 난해함에 온 정신이 빼앗겨 마음속에서 많은 질문들이 쏟아져 나온다. 황량한 현실에서 방황하는 한 인간의 갈등인가, 너무 소중해서 아무에게도 빼앗길 수 없어 저토록 처절한 가시무덤을 만들었는가. 수많은 대답들이 떠오르고 사라지곤 한다.

전시장에는 세상 속 이야기와 인간과 자연의 감성들을 실감 있게 표현한 작품들이 많았지만 유독 이 작품 앞에서 넋을 놓고 있다. 그것은 아마 지울 수 없는 아픈 상처가 내 가슴에 박혀 있기 때문이리라. 벗어날 수 없는 삶의 횡포에 휘둘려 마른 가슴으로 몸부림치던 그 시절의 초라한 나의 모습이 뇌리를 스친다.

내 젖무덤에 파묻힌 아이의 발그레한 볼이 떠오른다. 솜처럼 편안한 마음으로 자신을 내 가슴에 맡기고 있던 작은 천사. 엄마의 젖꼭지를 통해 모성을 빨아들이던 예쁜 아이의 얼굴이 한 순간에 슬픔과 그리움의 그림자로 덮인다. 그와 떨어져 살았던 나는 그것이 고통이었다.

젖먹이 어린 자식을 멀리 떼어 놓아야 했던 한 시절이 가시가 되어 내게로 달려든다. 천사 같은 아이의 모습만 생각해도 내 젖가슴은 사정없이 가시로 찔리는 아픔이 밀려들었다. 엄마의 젖가슴을 더듬는 아이의 조막손이 환영으로 보였고, 밤새 열병을 앓아야 했었다. 일상적인 삶의 고통과 인고가 안으로 엉켜, 터져 나오는 신음 소리조차도 가슴으로 울면서 살던 시절이 전설처럼 떠오른다.

두 손으로 받들어 밀어올린 젖가슴을 향해 가시들이 사정없이 달려든다. 그리고 불타는 욕망에 여인의 가슴을 애무하던 남자의 손과 얼굴이 눈앞을 스친다. 작가는 아름답고 성스러운 여인의 젖가슴에 가시면류관을 씌울 만큼 고통스러운 세월이 있었을까. 아니면 모성에 대한 그리움이 죽도록 사무쳤을까. 그의 아픔이 나의 아픔으로 전하여 온다.

내가 나서 자라던 고향에 과수원을 빙 둘러친 탱자나무 울타리가 있었다. 그 시절엔 하얗게 피는 탱자나무 꽃이 좋았고, 가을이면 황금빛 열매와 그 향기가 좋았다. 한가한 시간이나 마음이 복잡할 때는 그곳을 자주 걸었다. 가끔 가시에 찔리고 할퀴어 뽑힌 쥐 털을 볼 수 있었고, 때로는 살점이 떨어진 것도 발견되었다. 그땐 가시에 찔리는 아픔이 어떤 것인지 생각하지 못했다. 하지만 그것을 깨닫는 데는 그리 많은 시간이 걸리지 않았다.

한겨울이었다. 이리저리 마구 뒤덮여 있는 탱자나무가시 사이로 빨간 쥐새끼들이 꼼지락거린다. 방금 태어났나 보다. 어미 쥐의 털인 듯 잔털이 소복이 쌓인 가시덤불 속의 빨간 새끼 쥐들을 정신없이 들여다본 적이 있었다. "이 바보 같은 쥐새끼야, 어쩌자고 가시 속에 네 새끼를 낳았더냐. 일부러 가시 속에 새끼를 낳았는가, 새끼를 낳고 가시로 덮었는가?"

바르르 떨고 있는 생쥐들. 조금만 꼼지락거려도 피가 흐를 것만 같다. 적으로부터 새끼를 지키기 위해 가시 이불을 덮을 수밖에 없는 처절한 모성이 애처롭다.

작가는 너무나 소중한 자기의 사랑을 가시로 덮어 두고 영원히 바라만 보고 싶었을까. 가까이하기엔 마음에 담긴 상처가 너무 크고, 잊어버리기엔 더 큰 사랑이 가시가 되어 전신을 찌르는 아픔을 겪어야만 했던가.

예술 작품은 눈으로 보지 말고 마음으로 보라고 했다. 나를 오래도록 붙잡아 두었던 그 작품은 지난날의 기억들을 다시 떠올리게 했다. 어린 시절 가슴 아리게 했던 어미 쥐의 모성을, 그리고 직장 때문에 어린 자식과 떨어져 살았던 기억들이 아픔으로 다시 떠오르고 있다.

전시된 다른 작품들도 각각 자기만의 소리들을 내고 있었다. 사람과 사람이 대화하는 공간이었다. 이웃과 이웃이 소통하는 공간이 되었다. 색채와 형태가 주는 다양성을 즐기고 아름다움에 스스로를 몰입시켰다. 손끝에 의해 만들어진 것이 아니라 작가의 내면과 영혼으로 작품이 완성된 것이다.

현실적인 삶에 잡혀 있으면서도 사막의 신기루를 쫓아야하고, 낭만을 희구하면서 생활을 걱정해야하는 예술가들이 고달파 보인다. 인간으로서의 야망과 이상 사이를 끝없이 방황하는 작가들의 고통이 안개비가 되어 내 가슴 속을 적신다.

텃밭

　이른 봄 텅 빈 밭을 바라보며 꿈을 꾼다. 파릇파릇 새싹이 돋아나면 지치고 재미없는 일상에 마음의 안식처가 새로 생길 것이라는 기대가 앞선다. 기운이 솟는다. 괭이와 삽으로 땅을 일구고 쇠스랑으로 흙덩이를 부수었다. 아직 때는 이른데 마음은 벌써 넓은 들판의 풍요가 눈앞에 어른거린다.

　고추, 쑥갓, 상추, 가지, 토마토 등 갖가지 채소를 심었다. 하나하나가 다 내 자식 같아 정성을 기울여 가꾸었다. 날씨가 점점 따뜻해졌다. 들판은 아름다워지고 채소들은 날로 생기를 얻어 자라는 소리가 들리는 듯하다. 밭 옆의 벼논에서는 개구리의 울음소리가 들린다. 모내기가 끝난 논에 흐르는 달빛과 그 황홀한 출렁임을 나는 잊지 못한다. 무엇에 홀리기라도 한 듯 하염없이 논둑길을 거닐며 밤이슬에 옷을 적시던 고향의 달밤이 떠오른다. 개구리 울음 소리가 더욱 크게 들린다.

큰 기대 없이 시
작한 작은 텃밭이
었지만 처음 생
각했던 것보다
훨씬 많은 행
복감을 우리
에게 안겨
주었다. 틈

나면 밭에 나가 상추며 쑥
갓을 뜯어 와서 이웃과 친지들에게 나누어 주
는 일이 즐거웠다. 이곳에서 일어나는 모든 일상들은 내 마음까지
가꾸어 주는 작은 텃밭이 되어주었다.

날씨가 더워지고 장마가 시작되었다. 비는 계속 내리고 원래 논
이었던 이 밭은 물이 좀처럼 빠지지 않았다. 풀은 한없이 자라고 고
추는 병들기 시작 하였다. 자연의 섭리 앞에 맥놓고 앉아 있는 농부
의 심정이랄까. 끊임없이 내리는 빗줄기를 바라보고 있노라면 세
월 저쪽에 묻어 두었던 일들이 생각난다.

예고 없이 들이닥치는 풍수해로 한 해 농사를 망치기 일쑤였던
고향의 그 사람들, 그리고 상심하던 부모님의 얼굴이 겹쳐 보인다.
그래, 한 알의 과일도 저절로 영글지 않고, 한 포기의 채소도 절로
자라는 것이 아니질 않던가. 낱알마다, 포기마다 자연의 보살핌과

농부들의 땀방울로 자라는 것을. 나는 그 고뇌를 오랫동안 잊고 살았던 것 같다.

　계절은 벌써 가을이 온 것 같건만 더위는 여전하다. 어쩌다 불어오는 바람도 끓는 가마솥을 막 빠져나온 듯 후끈하다. 모든 잎채소는 죽었고, 잡초는 웃자라 이것이 풀밭인지 채소밭인지 분간이 가지 않았다. 땀을 뻘뻘 흘리며 며칠을 고생한 끝에 밭은 제 모습으로 돌아왔다.

　김장 채소를 심기위해 퇴비를 넣고 흙 고르기를 했다. 수소문 끝에 농업 연구소에 가서 배추 모종과 무씨를 사고 쪽파와 알타리무 씨도 샀다. 기도하는 심정으로 씨를 뿌렸다. 그 위에 덧흙을 덮고 마른 풀들도 얹었다. 마음으로는 벌써 김장 준비가 끝난 것 같았다. 이 천지에 하루 만에 꽃피우는 식물이 있던가. 씨 뿌리고 일어서면서 풍성한 수확을 꿈꾸다니 욕심이 너무 지나친 것이 아닐까.

　올 추석에는 내가 가꾼 채소로 만든 음식도 차례상에 올리고 싶다. 물주고 풀 뽑을 때마다 빨리 자라라고 채근했다. 추석이 되었다. 쪽파, 부추, 상추, 시금치, 무 잎들을 조금씩 뽑았다. 내 힘으로 씨 뿌리고 가꾼 채소를 수확해 보니 그 어떤 소득보다 마음이 푸근했다. 아주 작은 잎 하나라도 허투루 버릴 수가 없었다. 파는 전 부치고, 시금치와 무 잎은 삶아서 나물로 썼다. 아직 어리지만 보드라운 무를 뽑아 물김치도 담갔다. 작은 텃밭에서 이렇게 푸짐한 음식을 만들 수 있다는 것이 정말 기뻤다.

들녘에 이는 바람이 그리울 때면 나는 항상 텃밭으로 갔다. 고향의 넓은 들은 아니어도 흙이 있고 채소가 자라고, 땀 흘려 일하는 사람들도 있다. 가을꽃이 피고, 해바라기의 고개도 점점 아래로 처진다. 풍요로운 들판에 하나 둘 모인 초보 농사꾼들의 경험담 또한 풍성하다. 날씨가 제법 선선해지자 채소들이 차츰 제 모습을 찾아가고 잎에는 윤기가 흐른다. 아이들 생각이 났다. '가까이 있으면 불러서 삼겹살이나 사다가 상추쌈하고 먹었으면 좋겠구먼.' 혼자 중얼거려본다.

오늘 저녁은 인접한 텃밭의 부부와 칼국수를 먹기로 했다. 주말 농장을 하면서 처음 만난 사람들이지만 그동안 정이 들었다. 동동주가 한 잔씩 오가는 동안 은퇴 후의 생활 계획이며 도시생활의 삭막함 같은 이야기들이 자연스레 오갔다.

계절은 구름처럼 흘러갔다. 장마와 땡볕과 때로는 목 타는 가뭄, 그 많은 시련 끝에 얻은 농작물들은 예전에 느껴보지 못했던 보람과 행복감을 내게 안겨 주었다. 그리고 자연과 함께 호흡하며 세상을 관조할 수 있는 여유도 생겼다. 늦게나마 내 마음을 붙들어 줄 고향 같은 텃밭이 있다는 것에 감사한다.

마른 강

세월이 거침없이 흐른다 해도 그 모습 그대로 기억하고픈 사람이 있고, 산천이 수없이 바뀌어도 지워지지 않는 추억속의 풍경이 있다. 내겐 그런 강이 있었다.

맑은 물 잔잔히 흘러 수초들이 일렁이고, 늘어진 갯버들 가지 바람 따라 흔들려 물무늬 일으키던 곳. 포플러 나무가 줄지어선 강 언덕. 봄, 가을이 수십 번 바뀐 지금도 그곳은 언제나 내 마음의 고향이었다.

여름방학이면 오빠들과 물장구치며 동생들 물 먹이며 즐기던 곳이 여기다. 그리고 도회지에서 다니러온 고종사촌들과 외사촌들이 함께 어울려 뜨거운 자갈밭에 돌탑 쌓던 추억의 강변. 매서운 칼바람에 손등이 갈라지도록 썰매를 탔고, 얼음장 깨고 구멍을 만들어 고기 잡던 겨울 강. 우리는 그곳에서 갖은 사연과 숱한 전설을 만들면서 살았다.

　마음이 괴로울 때면 아무도 몰래 찾아와 잔잔한 물결을 하염없이 바라보며 자신을 다스렸던 곳이다. 장날이면 삐걱거리는 나무의자에 앉아 지나가는 소달구지며, 보퉁이 이고 줄지어 오르내리는 사람 구경에 정신 팔렸던 강 언덕이 있었다. 그러나 지금은 마을 앞을 흐르던 강물도 늘어진 갯버들도 없다.

　강은 항상 그곳에 있어 어느 때나 같은 물임과 동시에 순간마다 새로운 물이라 하였다. 그리하여 사람들은 언제나 강을 끼고 삶의 터전을 마련했다. 말없이 흐르는 강물 속에 수많은 생명체들이 함께 품고 살아가듯이, 더불어 사는 방법을 익히면서 인간의 문화가 생겨나고 문명사회가 만들어지지 않았던가.

물은 넘을 수 없으면 돌아가고, 넘지도 돌아가지도 못하면 기다린다 했다. 상류에 댐이 만들어지면서 고향은 윤기를 잃었다. 물의 기다림이 너무 길어 다 증발해 버린 건가. 아름다운 자연 속에서 꿈을 키워가던 사람들은 하나 둘 고향을 등지고 어딘가로 떠나는 집들이 해마다 늘어났다.

마른 강 바닥에는 잡초만 우거져있다. 물속에 잠겨 반짝이던 자갈들도 뙤약볕에 타는 듯하다. 잔물결위에 비치던 아름다운 저녁놀 풍경도, 맑은 물속을 자유롭게 유영하던 물고기도 보이지 않는다. 물의 갈 길은 그 무엇으로도 막을 수 없다고 하지 않던가. 그런데 사람들은 더 편안한 삶을 위해 끝없이 자연에 도전한다. 그 노력은 분명 모두의 행복을 위함일 것이다. 하지만 보이는 것의 풍요와 편리함이 어쩌면 우리에게 많은 것을 잃어버리거나 잊어버리기를 요구했을지 모르겠다.

삶의 터전은 메말라가고, 타지로 떠난 이들은 어디에서 둥지를 틀고 있는지 알 길이 없다. 서로에게 물이 되어 다시 만나고 싶지만 갇혀있는 물은 저 혼자 침묵할 뿐이다.

마른 강 바닥을 아프게 흐르는 검은 물줄기 사이로 수많은 추억 속의 얼굴들이 빠르게 스쳐간다.

숲에 앉아 숲을 그리워한다

　일상을 잠시 덮어두고 빌딩의 숲을 탈출했다. 중앙 고속도로를 타고 영월까지 갔다. 차창으로 스치는 녹색의 싱그러움에 젖어 잡다한 삶의 찌꺼기들을 비우고 길을 달렸다.

　비운의 왕 단종의 유적지를 찾았다. 천 년의 숲 청령포, 그 곳은 유배지였다. 삼면이 강으로 둘러싸여 있고 서쪽은 험준한 암벽이 솟아있어 마치 섬처럼 보였다. 단종의 거처를 중심으로 주위에는 수 백년생의 거송들이 울창한 숲을 이루고 있었다. 특히 천연기념물인 관음송은 수령 600여 년 된 우리나라에서 가장 오래된 소나무로 알려졌다. 유배 생활을 하던 단종이 걸터앉아 말벗을 삼았다니 어린왕의 외로움과 적막함이 가슴속까지 전해온다.

　이곳은 숲이 잘 보전되고 아름다워 '천 년의 숲'으로 지정된 곳이다. 솔숲 길을 걸었다. 아주 천천히. 맑은 공기와 향긋한 풀냄새, 그리고 싱그러운 초록빛을 마음껏 끌어안았다. 숲에 나를 맡기고 살아온 시간들을 거꾸로 돌려도 보았다. 온갖 풍상 다 겪으며 세월만큼 자란 나무들은 울창한 송림을 이루고 속된 인간들의 세상사를 지켜보았으리라.

여리고 순수한 영혼을 잠재운 이곳 청령포, 아름다운 숲에 앉았다. 솔숲 사이로 스며드는 햇볕이 따사롭다. 강 건너 저쯤에는 오늘의 사람들이 오고 간다. 수백 년의 세월이 강 하나 사이에서 서로

교차한다. 예전의 삶이 숨 쉬고 있는 곳에 앉아 또 다른 현재를 본다. 사람은 숨을 멈췄으나 숲은 그 생명 그대로 자라고 있었다. 이렇듯 세상은 과거와 현재가 항상 공존하고 있는가 보다.

저편의 현재를 보면서 고향 마을이 그리워졌다. 키 큰 아카시아 나무가 도열해 있고 그 아래로 탱자나무가 빽빽이 둘러쳐진 울타리를 휘돌아 들면 왕버들 숲이 나온다. 그곳이 내 고향 마을의 숲이

었다. 담뱃대 길게 물고 세월의 연기를 날려 보내는 늙은이들의 이야기 소리 두런 두런 들려오던 숲. 한여름 뙤약볕에 논 매고 밭 매던 마을 사람들이 낮잠 한번 늘어지게 잘 수 있던 그 숲은 우리들의 낙원이었다. 왕버들 그늘에는 사람도 모이고 소들도 모였다. 고삐를 느슨하게 맨 일소들은 아주 편안하게 보였다. 비록 고된 일의 기다림일지라도 그 모습은 한 폭의 평화로운 그림을 보는 듯하였다. 우리들의 어린 시절은 버들 숲 그늘 아래서 맴돌고 뛰며 자랐다.

흐르는 세월은 세상을 많이 바꾸어 놓았다. 고향의 아름다운 정취는 도시의 확장으로 매몰되었다. 온통 길로 뒤범벅이

되어 자동차들은 쉼 없이 질주한다. 인심은 정착하지 못한 방랑자처럼 둥둥 떠다니는 것 같았다. 아카시아 나무도, 탱자나무 울타리도, 그리고 끝이 보이지 않을 정도로 넓게 펼쳐진 과수원도 모두 없어졌다. 자연은 더 이상 우리 고향의 수호신이 되어주지 못했다.

고향마을의 왕버들 숲과 아카시아 길이 지금까지 그냥 남아 있었다면, 많은 사람들의 사랑을 받는 보호 숲이 되었을지도 모른다. 하지만 우리들은 그것을 지키지 못했다. 이유야 삶의 무게를 이기지 못함이었는지, 내일을 읽지 못한 성급함이었는지 모르지만 분명 큰 잘못이 아니었을까.

아름다운 진입로를 자랑하는 청주의 플라타너스 길과 환상의 드라이브코스로 이름난 담양의 메타세쿼이아 가로수 길은 주민들이 지켰다. 좁은 길의 불편함도 참으면서 도로 확장 공사를 반대했었다고 했다. 그리하여 오늘날 많은 사람들이 그 길을 찾는 영광을 누리게 된 것이 아닌가. 그들의 자연 사랑과 내일을 내다 볼 줄 아는 안목이 부럽다.

숲은 존재 자체만으로도 충분히 아름답다. 세상을 살면서 힘들고 괴로울 때 자연 속에서 편히 쉬고 싶지 않았던가. 그러나 도시가 비대해지고, 길을 만들고 댐을 쌓느라 숲은 자꾸만 줄어든다. 길이 넓어져 달리기에 편하고 일에 속도감은 붙어 경제적 이익을 얻을 수 있을 것이다. 하지만 그 욕심을 다 채울 때까지 자연은 얼마나 망가져야 할까. 그 끝은 어디까지인가.

다행히 요즈음 숲을 보전하기 위한 노력들이 보인다. 숲을 가꾸기 위한 정책들도 내놓고 있다. 그래서 나는 아직도 꿈을 꾼다. 인간의 숲에서 자연의 숲이 공존할 수 있기를.

천년의 숲에 앉아 고향의 숲을 그리워하며 나의 먼 안식을 그려본다.

4
지상의 또 다른 세상

어디로

    바람이 분다. 우수수 떨어지는 낙엽은 이리저리 흩날린다. 나를 흔들고 등을 떠민다. 가라고, 어디든 가라고. 잠시 술렁이던 마음을 다잡는다.

    차를 타고 그냥 떠난다. '어디로'라고 결정한 곳도 없다. 그냥 거기로 간다. 세상의 기준에서 벗어나지 못했던 나의 일상은 언제나 '내'가 없었다. 길들여진 삶의 틀 속에서 순응을 등지고 뛰쳐나온다는 것은 엄두도 내지 못했다. 그렇듯 일탈을 꿈꾸어보지만 한 번도 실행에 옮기지 못했다. 다 풀어 놓자. 그리고 그냥 가 보자. 오늘은 마음의 혁명가라도 부르고 싶은 심정이다. 그 시퍼런 용기로 기껏 동해 바닷가까지 왔다. 월송정에서 잠시 쉬어 가기로 했다. 월송정의 명칭은 달빛과 어울리는 월송정月松亭 솔숲이라는 뜻과, 신선이 솔숲을 날아 넘는다는 월송정越松亭이란 뜻으로 두 가지 설이 있다. 경치가 아름다워 관동 팔경의 하나로 꼽힌다. 정자에 오르면 동해바다가 눈앞에 펼쳐진다.

이 정자는 고려시대에 월송사 부근에 창건되었던 것을 조선 중기 연산군 때의 관찰사 박원종이 이곳에 중건하였다. 한말에 일본군이 철거해 버렸는데 1980년 7월에 현재의 정자로 복원하였다. 현판은 최규하 대통령의 휘호로 그 무게를 더하고 있다. 해풍을 견디며 해안선을 굽어보는 그 긴긴 세월로 채워진 속살, 그 숲에서 여유로운 나그네 행세를 해본다. 계절이 돌아서는 아픔도, 꿈이 사라지는 공허하고 막막한 심정도 풀어놓고, 다시 발길을 돌린다.

동해를 바라본다. 그동안 얼마나 많은 사람들이 이곳에 와서 저 아득한 바다를 바라보았을까. 밀려드는 파도가 어디에서 시작되었는지 모르는 얘기들을 마구 쏟아낸다. 이 길에 매료되어 나는 한 해에도 몇 번씩 이곳을 찾기도 했었다. 삼척에서 동해시로 가는 해안도로는 그야말로 절경이다.

거센 파도를 가까이서 느끼고 싶어 차에서 내렸다. 산 같은 파도가 밀려온다. 무슨 한이 그리 많아 저토록 큰 울음으로 풍파를 일으키는지. 바위에 부딪친 파도는 산산이 부서져 다시 튀어 오른다. 바위는 꿈쩍도 않는데 제풀에 밀려난 파도는 또다시 거세게 부딪쳐 본다. 수천 수만 번을 때려도 꿈쩍도 않을 것 같다. 가슴속 깊은 곳에서 뭔가 치밀어 오른다. 그것이 무엇이든 파도 소리보다 더 크게 외쳐 보고 싶다. 무섭도록 큰 물결 앞에서 왠지 속이 후련해진다. 나는 오래도록 꿈쩍도 하지 않고 비 내리는 해변에 서서 온 정신을

적시고 있다.

늦가을 바다에 내리는 비는 사람의 마음을 처연하게 한다. 난 어디로 갈 것인가를 묻지 않기로 했다. 내가 태어날 때 누구에게 길을 물어보지 않았고, 내 삶 속에서 인생의 안내자를 만나지 못했다. 사노라면 길이 보인다는 그 말처럼 길 위에서 길을 물으며, 내 마음에서 그 길을 찾아야 하겠다. 그저 정처 없이 가다가 때론 허방을 딛고, 후회도 하고, 가끔 길을 잃고 헤매기도 하고 싶다.

추암 해변으로 갔다. 옛날 강원도 관찰사로 왔던 한명회가 관동팔경을 돌다 이곳 경치를 보고 감탄해 '능파대凌波臺'라고 이름을 붙였다고 한다. '능파凌波'는 '물결 위를 가볍게 걸어 다닌다'는 뜻으로 '미인의 가볍고 아름다운 걸음걸이'를 이르는 말이다. 그러나 오늘의 추암은 능파란 말이 어울리지 않을 것 같다. 사나운 날씨에 파도까지 높다.

언덕 뒤쪽으로 돌아가면 미묘한 해안 절벽과 함께 그리움에 배인 촛대바위와 크고 작은 기암괴석들이 숲을 이루고 있다. 능파대로 올라 먼 바다를 본다. 검푸른 물결이 밀려온다. 멈추지 않을 듯 거세게 몰아치는 파도는 길길이 뛰어 바위산 중턱까지 치올라 온다. 그의 등 뒤를 향해 소리를 지른다. 마음의 노고도 몸의 피로도 모두 가져가라고. 속 깊이 묻어 놓았던 묵은 기억을 바다에 털어 버리고 빈손으로 빈 마음으로 돌아가겠다고.

어둠이 내린다. 숙소에 들었다. 몹시 피곤하다. 어제와 다른 오늘이었듯이 오늘과 다른 내일이기를 바라면서 몰려오는 피로를 푼다.

하늘은 출발할 때와는 달리 밝고 맑다. 날씨의 변덕스러움이 인간의 마음과 조금도 다르지 않다. 그 변화무상함을 잘 다스리는 것이 잘 사는 방법이겠다.

"어디로 가는 것이 좋을까?"

바람에 쓸려 가는 낙엽을 보고 물어본다. 바람이 나뭇잎을 이리저리 흩어 버려 그 대답을 들을 수 없었다.

가을은 깊어 가고 산야와 계곡의 풍경은 장엄하다. 신선이 노닐었다는 무릉계곡은 두타산과 청옥산을 배경으로 이루어진다. 높은 산과 기암괴석, 깨끗한 물과 폭포, 그리고 오래된 나무들이 한데 어우러져 멋진 조화를 이룬다. 마치 현존하는 선경에 든 것 같은 느낌이다.

가을은 익을 대로 익었다. 땅에 떨어진 낙엽이 쌓이기 시작한다. 산을 오르면서 인생을 생각한다. 지치고 힘들어 주저앉고 싶을 때 지나온 길을 되돌아보고 남은 길을 가늠해 본다. 이제 다 오르지 못한 산을 되돌아 내려갈 때다. 내 인생이 그렇고 내 능력이 여기까진가 보다. 손에 쥔 것은 낙엽뿐이니 툴툴 털어 버리고 내려야겠다. 다리에 힘이 풀렸듯 손에도 힘이 빠졌다.

애써 이루고 싶었던 것들을 마음껏 쥐어 보지는 못했지만 이쯤에서 다시 놓기로 했다. 그것이 나의 남은 삶으로 회귀하는 지름길이다.

2박 3일간의 울릉도 여행의 꿈은 이렇게 엉뚱한 곳에서 끝이 났다. 방향감각을 잃은 바람처럼 휘돌아온 이번 길은 무엇을 얻어 온 것이 아니라 많은 것을 버려야 한다는 교훈을 마음에 담아 왔다.

"지금 내가 어디로 가야 하나?"

바람은 내 질문에 답도 하지 않고 낙엽만 흩어놓고 사라진다.

수백 년 고택의 정취에 젖어

모두가 쉬어갈 곳이 필요했다. 세상의 속도를 묶어두고 잠시나마 가장 인간적인 모습으로 머무를 수 있다면 그곳이 좋겠다.

이번 여행은 옛날 집, 고택古宅에서 삼대가 함께 하룻밤을 지내는 것이다. 그렇게 선택된 곳이 수백 년 역사를 지닌 농암 이현보의 유적지인 '농암종택'이다.

안동을 거쳐 봉화 쪽으로 달리는 시골길은 눈 돌리는 곳마다 절경이다. 청량산이 가까워질수록 짙은 숲과 바위 절벽이 잘 어우러진 자연 풍광이 일품이다. 국도변에서 좁은 농로로 한참을 들어오니 저만치 종택이 눈에 들어온다.

가송리 마을은 전형적인 농촌 마을이다. 다듬어지지 않은 것들에 대한 평화, 야생화와 잡초, 아카시아와 포플러가 멋대로 자란 강변 언덕, 그 고즈넉한 터에 절묘하게 조성된 고택은 아름다운 소나무가 많아 서정적인 운치를 더해준다. 아득한 옛날의 고향으로 찾아

든 기분이다. 아직도 이렇게 때 묻지 않은 곳이
남아 있었구나 싶어 반가운 마음에 가슴이 찡해
온다.

농암종택은 영천 이씨 농암 이현보(聾巖 李賢輔 ·
1467~1555)가 태어나고 자란 집이다.

이곳은 6천600㎡의 대지 위에 사당, 안채, 사
랑채, 별채, 대문채로 구성된 본채와, 긍구당, 명
농당 등의 정자로 된 단독 별채가 있다. 그 옆의
분강서원은 사당, 강당, 동재, 서재와 안채, 바깥
채로 독립된 구조의 한속정사로 구성된 집이며,
그 아래 학소대 절벽을 배경으로 한 애일당(경북
지정문화재 34호)과 강각이 자리 잡고 있다.

맏이네 식구들은 별당인 긍구당에, 둘째네는
사랑별채에, 그리고 우리 내외는 사랑채에서 하
룻밤 묵게 되었다. 여장을 풀어 대충 넣어두고
강변으로 나갔다. 농암종택 앞의 강 건너 절벽
은 벽력암이다. 태백에서 떠내려온 뗏목들이 이
바위 절벽에 부딪혀 우레 같은 소리를 냈다 해
서 얻은 이름이라고 한다. 바위산과 맑고 깨끗
한 물, 바스락거리는 자갈밭, 그것만으로도 마
음의 자리를 잠시 풀어 놓기에 충분하다.

오늘은 허투루 나오는 웃음이라도 참지 말고 내버려 두어도 좋겠다. 모두들 물장난치고, 물수제비를 뜨면서 물 만난 고기처럼 자연과 하나가 된다. 손자들의 웃음소리는 메아리가 되어 더욱 아름답게 들린다. 이곳에 오길 잘 했다고 장남은 은근히 자기 자랑을 한다. 그래 정말 잘했어. 가랑비가 내린다. 아쉽지만 집으로 들어왔다.

농암종택은 원래 도산서원 아래의 분천 마을에 있었으나, 안동댐 건설로 수몰되면서 가송리에 터를 잡아 복원해 놓은 것이다. 새로 조성된 농암 선생 유적지 '분강촌'은 그 이름처럼 '가송佳松-아름다운 소나무가 있는 마을'로 산촌의 한없는 고요와 강촌의 평화로움을 한꺼번에 느끼게 하는 그런 마을이다. 이곳이 신기하게도 원래의 고향인 부내의 지형과 많이 닮았다고 한다.

수몰 이전의 분강은 지금의 도산서원의 2Km하류의 강이고, 그 구비 마을이 분천이다. '분천'은 한자로 '汾川'이라 썼고, 우리말로 '부내'라 불렀다. 농암이 마을 앞에 흐르는 강을 '분강汾江'이라 하여 '분강촌'이라고도 했다. 농암은 "정승벼슬도 이 강산과 바꿀 수 없다"고 했으니 이곳은 강호지락江湖之樂, 강호지미江湖之美를 추구하는 그의 삶과 많이 닮아있다고 한다. 가히 그 풍광이 어떠한지 짐작을 해본다.

이현보李賢輔 선생은 자는 비중, 호는 농암, 본관은 영천으로, 안동시 도산면 분천리 에서 태어났다. 32세에 문과에 급제했다. 36세에 사관으로 사초를 바르게 쓸 수 있도록 연산군에게 직언을 할 만큼 강직하고 청렴한 관료이며 전원시인이다.

농암 선생은 일찍부터 관직을 그만두고 자연에 묻혀 살고 싶어 하였으나 76세에 이르러서야 그 뜻을 이룰 수 있었다. 낙향 후 이 지방에 전래되던 작가미상의 '어부가'를 가사의 순서와 내용을 바로잡고 다듬어 새로운 '어부가'로 완성했다. 이러한 문학 활동은 영남지역 가단歌壇의 형성에 큰 영향을 미쳤다. 이후 퇴계의 '도산 12곡'에 영향을 주었고, 윤선도尹善道의 '어부사시사'로 이어졌다. 국문학사에서는 송순宋純·정철鄭澈로 이어지는 '호남가단湖南歌壇'과 더불어 쌍벽을 이루었다고 한다.

안동댐이 생기면서 부내 일대가 물에 잠기게 되었다. 이렇게 그들은 고향을 잃었다. 하지만 차마 조상의 유적을 그대로 수장시킬 수는 없었던 후손들은 부내의 종택과 서원과 딸린 정자와 별당들을 여기 저기 흩어 옮겼다. 그 후 다시 흩어진 집들을 해체하고 모아서 복원한 것이 지금 가송리의 농암종택이다.

절벽 아래 강각과 애일당이 있다. 여기서 일흔의 농암이 구순의 부모와 마을 어른들을 위해 색동옷을 입고 춤을 추었다는 이야기는 유명하다. 애일당 앞에 놓인 '농암각자(聾巖刻字 경상북도 유형 문화재 43호)'에는 커다란 자연암석에 두 자씩 '농암 선생 정대 구장聾巖 先生 亭臺 舊庄'이라고 따로따로 음각되어있다. '옛 애일당 터'를 기념하기 위해 새겼는데, 크기가 무려 75㎝나 된다. 이 또한 안동댐으로 수몰

될 것을 글자 부분만 잘라내어 옮겨간 애일당의 뜰 아래로 실어 옮겼다.

이렇듯 조상의 유적을 보존하기 위한 농암종가의 노력은 피눈물 나는 것이었으리라. 아무리 새로 조성한 마을이 아름다운 꽃자리라 하더라도, 내가 태어나고 자란 조상의 숨결이 묻어있는 고향만 하겠는가.

산촌 고택에 어둠이 내린다. 이름 모를 풀벌레소리와 물소리만 들린다. 어린 시절의 기억들이 어제 일처럼 머리에 맴돈다. 오늘밤은 수백 년 고택의 정취를 한껏 누리고 싶다. 쉬어가기에 참 좋은 곳이다.

우리 가족들은 사랑채 마루에 모였다. 사랑마루에는 선조임금이 농암가문에 내린 '적선積善'이란 어필이 걸려있다. 크기가 무려 1m나 된다. 어필에 대한 자세한 내력의 기록이 벽에 붙어 있다. 간단한 주안상을 차려놓고 삼대가 둘러앉았다. 조용조용 이야기꽃을 피운다. TV가 없다. 세상의 시끄러운 소리 대신 가족들의 이야기가 가슴으로 들린다. 오래 전부터 이렇게 살았던 것처럼 여유롭고 편안하다. 얼마만의 평화인가.

방으로 들어가 누웠다. 등이 따뜻하고 마음이 따뜻하다. 정체모를 그리움 같은 것이 목까지 차오른다. 수만 가지의 지난 일들이 가슴 속에서 웅얼거린다. 원망하고, 속상하고 애태우던 일들이 다 부질없는 것. 시간은 그 모든 것들을 몰고 가버리지 않았던가. 그래, 이런 시간이 필요했다. 자신을 들여다 볼 수 있는 내면으로의 여행이.

벌써 아침이 밝았다. 손자들이 먼저 건너왔다. 이슬비 내리는 앞산에 안개구름이 얹혀있다. 한 폭의 동양화 같다면 너무 상투적인 표현일까. 덩그러니 높은 사랑대청마루에 앉아 손자들과 자식들의 아침인사를 받으니 마치 지체 높은 어른이 된 기분이다. 아이들도 도시의 집에 있을 때와는 그 행동이 사뭇 다르다. 이처럼 자연은 짧은 시간이나마 인간의 모습을 바꿔놓을 수 있는 마법을 가진 모양이다.

마당으로 내려와 서성이고 있는데 아침 식사 시간을 알리는 종소리가 들렸다. 마치 동화 속의 한 장면을 보는 듯하다. 농암 종가의 밥상은 소박하나 푸짐했다. 자연이 주는 제철 음식으로 장손 내외분이 준비해둔, 그들의 말대로 착한 밥상이다. 먹는 게 바로 그 사람이라더니, 이 소박한 밥상이 농암 가문을 만든 기반이었던 모양이다.

대문 밖으로 나왔다. 아이들을 먼저 서울로 보내고 우리도 그곳을 빠져나왔다. 비가 조용히 내린다. 잠시 스쳐간 순간이었건만 마치 오래 살다가 떠나는 마음이다. 삶이 힘들지 않으냐는 물음에 "좋은 분들을 많이 만날 수 있어 행복합니다."라는 종부의 말이 진정이기를 믿고 싶어진다.

마음에 품었던 어느 한 곳으로 몸을 옮겨 가는 것 그것이 여행이라면, 나중에 쉼이 필요할 때 다시 오리라.

섬과 섬 사이

거문도로 가기 위해 고흥군 녹동 항에서 쾌속정을 탔다. 한 시간 반 정도면 도착할 것이다. 화창한 날씨에 파도가 없는 잔잔한 바다는 우리들의 여정을 축복해 주는 듯하다.

태고의 신비를 간직한 남해의 해금강 거문도는 고흥반도에서 남쪽으로 40킬로나 떨어져 있다. 거문도巨文島라는 이름은 이 고장에 학문에 능한 사람이 많은 것에 감탄하여 정여창이 큰 글이 있는 '거문巨文'으로 개칭하도록 건의하여 거문도라 하였다고 한다.

숙소에 여장을 풀고 등산길로 나섰다. 서도리 장촌 마을까지는 승합차로 이동을 하고 거기서부터 등대까지는 걸어야 한다. 사방으로 확 트인 푸른 바다를 끼고 걷는 등산로가 말 그대로 환상적이다. 발길 머무는 곳마다 감탄사를 연발하면서 바위를 건너가니 이제는 동백나무 숲이 나온다. 낮이건만 숲속은 어둠을 느낄 정도로 울창하다. 동백 터널을 빠져나오니 하늘이 밝아진다. 등대로 가는 목넘

이 길이다. 파도가 바위를 철썩 때린다. 하얀 물거품은 꿈쩍도 않는 바위를 남겨 두고 홀연히 떠나간다. 얼마나 많은 세월을 부딪치고 끌어안고 쓰다듬어야 그 바위는 마음을 열까. 저 멀리 밀려가는 파도 위에 옅은 태양이 비친다.

숲과 바다, 그리고 하늘의 구름들과 주절주절 이야기하다 보니 저만치 하얀 등대가 보인다. 아름다운 해안 절경과 바닷길을 지켜 주는 녹산 등대이다. 주변의 나무도 꽃도 잔디도 바다와 함께 멋지게 잘 어울린다. 등대의 전망대까지 올라갔다. 사방으로 확 트인 바다를 마주한다. 수평선 저 멀리 배 한 척이 외롭게 떠있다. 격랑의 바다에서 조업하는 저 배는 출항과 귀항, 그 사이 삶의 시간을 얼마의 세찬 바람을 맞고, 몇 번의 험한 물결에 휩쓸렸을까. 외로운 등대, 그곳에 상주하면서 배들의 무사 귀환과 안전을 위해 애쓰는 분들에게 감사한다.

태양을 등에 지고 지나온 길을 되돌아온다. 올라갈 때에 미처 보지 못했던 것들이 새롭게 닿아 온다. 우리나라의 자연이 세계 어느 나라에도 뒤지지 않을 만큼 아름답다는 생각이 든다. 이러한 비경이 좀 더 폭넓게 전 세계에 홍보가 되었으면 관광 수입을 많이 올릴 수 있지 않을까 하는 아쉬움이 마음 한 자리를 차지한다. 고개 너머 해안도로로 나왔다. 하늘과 물이 똑같이 붉은색으로 물들어 있다.

아침 식사를 마치고 어촌 마을 구경을 나섰다. 백도 유람선을 타기까지는 시간의 여유가 있었다. 한 조각 틈을 타 이곳 언덕 위에 자리한 영국군 묘지까지 갔다. 여기서 거문도 사건이란 역사적 사실을 알게 되었다. 1885년(고종 22년) 4월 15일 영국이 동양 함대를 파견하여 거문도를 불법 점령한 사건이다. 이 과정에서 병이나 사고로 죽은 자들을 묻은 곳이다.

조선이 개항한 이후로 청나라 및 일본, 그리고 구미 열강은 동북아시아의 요충지인 조선에 대한 지배권을 놓고 치열한 각축전을 벌였다. 태평양으로 진출을 꾀하던 러시아는 전략적 요충지가 필요했으며, 이를 얻고자 조선에 접근하여 1884년 통상 조약을 체결하였다. 거문도는 지형의 특성상 대한해협의 문호에 해당하는 곳이다. 영국군은 러시아의 남진을 막는다는 명분으로 1885년 4월 15일 거문도를 점령하였다. 그리고 발견자의 이름을 따서 해밀턴 섬이라 하고, 병영을 세우고 영구적인 주둔을 꾀하려 했다.

역사를 더듬어 현실을 생각해 본다. 세계는 점점 복잡해지고 자국의 이익을 위해서는 어떠한 일이든 할 수 있는 이웃 나라들을 우리는 어떻게 이겨내야 할 것인가. 돌아서니 바다는 말없이 푸른데 가슴은 답답하다.

한국의 마지막 비경 백도. 거문도에서 동쪽으로 28킬로 떨어진 곳, 유람선 선상 관광 2시간이 소요된다. 백도는 39개의 깎아지른 듯이 솟아 있는 바위벽이 병풍처럼 둘러쳐져 있다. 천연기념물 215호인 흑비둘기를 비롯하여 휘파람새, 팔색조 등 40여종의 야생 동식물이 서식하고 있다고 들었다. 백도에는 서방바위, 각시바위, 궁전바위, 매바위와 같이 기이하고 아름다운 이름의 바위들이 절경을 이루고 있다니 마음은 벌써 바다에 떠 있다.

바다가 잔잔해지기를 기다려 배를 탔다. 항구가 저만치 멀어지고 있다. 점점이 떠 있는 무인도와 바위벽에 부서지는 파도를 보자고 승객들은 하나 둘 밖으로 나가기 시작했다. 바위섬들의 진풍경을 카메라에 담고 싶어 했던 남편도 기대에 찬 얼굴로 밖으로 나갔다. 바람이 부는가 싶더니 파도가 밀려온다. 사람들은 나갔다 들어오기를 반복하고 있다.

배는 점점 더 흔들린다. 아니 배가 흔들리는 건지 내 속이 울렁거리는 건지 분간이 가지 않는다. 드디어 멀미가 나기 시작한다. 속이 메스껍고 머리가 깨지는 듯이 아프다. 멀미약을 먹고 대비를 했지만 오늘은 아무 소용이 없다. 정신이 혼미해지는 것 같았다. 사진 촬영에 대한 남편의 기대는 나 때문에 수포로 돌아갔다. 많이 미안했다.

섬과 섬 사이에는 파도가 높았다. 험한 물결에 흔들리면서 곤두박질치는 사이에 삶의 쓴맛이 깊은 내장까지 파고드는 듯하다. 내 몫의 풍파와 맞설 수 없다면 비켜가야지. 바다는 다시 조용해질 테니까.

시간을 노 저어 가는 여인

버스는 도시를 벗어난 듯싶다. 차창 밖의 풍경은 우리나라의 여느 농촌과 비슷하다. 이번 베트남 여행은 그냥 자연 속에서 조용히 인생을 성찰할 수 있는 곳을 택했다. 그리하여 평범한 일상들을 재점검할 수 있기를 기대하면서 떠났다.

하노이에서 짱안으로 간다. 그곳은 북 베트남의 한 도시이며 현재 통일 베트남 이전, 옛 TRAN(쩐) 왕조의 수도였다. 옛 성지를 찾아 다니던 고승들에 의해 발견이 되었지만 본격적으로 개발이 시작된 것은 2007년도부터다. 그래서 자연경관이 잘 보존된 숨겨진 보석과 같은 곳이라고 한다.

비가 내린다. 비 내리는 호수는 고요함을 넘어 처연하다. 마음은 물결 따라 잔잔히 흔들리고 세상 잡념들이 씻겨 나가는 듯하다. 참으로 청초한 풍경이다. 시끄러운 세상사를 떠나 마치 절해고도에 혼자 와 있는 기분이다. 아름다운 호수를 따라 살아 있는 종유석 동굴 속을 돌아 나오는 관광이 시작된다.

비옷을 받아 입고, 우산을 받쳐 든 우리는 네 사람씩 보트에 올랐다. 노를 젓는 사공은 처녀 같기도 하고 아줌마 같기도 한 날씬한 몸매의 얌전해 보이는 여인이다. 노 젓는 일이 얼마나 힘 드는 건지 나는 잘 모른다. 그저 유유히 떠가는 조각배를 보면 저 배를 타고 하염없이 흘러가고 싶은 소망 같은 그리움이 있었다.

마음과는 달리 빨리 달려가는 세월은 우리들로 하여금 현직에서 물러나게 했다. 하지만 오늘처럼 이렇게 여유로운 시간을 맞이할 수 있으니 좋지 않은가. 무엇을 위해서 어디로 뛰는지도 모르고 살아온 지난날엔 강을 노래하고, 삶을 천천히 노 저어 갈 수 있는 여유를 상상이나 할 수 있었던가. 허나 세월이란 것이 묘한 마력이 있어 험한 파도를 넘고 회오리바람을 피할 수 있는 처방을 내려 주기도 하지 않던가. 그 덕분에 한 고비, 한 언덕을 넘어 먼 산을 바라볼 수 있는 순간을 만들 수 있게 되었다.

배는 서서히 선착장에서 멀어지고 있었다. 나는 풍경화 속의 인물이 되어 흘러간다. 물위에 떨어지는 빗방울을 따라 작은 물무늬가 생겼다 사라지고 또 생겼다 사라지곤 한다. 내 지난날의 모습이 가슴속까지 스며든다. 어쩌면 우리들의 삶이 물위에 그리는 그림 같은 것이 아닐까. 물위에 사랑의 편지를 쓰고, 소망을 그려도 물무늬가 사라지듯 그 순간 그 모습은 영원히 되돌릴 수 없는 것이 인생이 아니겠는가.

수초들이 배 밑바닥에 닿고 옆구리를 스친다. 노를 휘저으면 이리저리 자리를 비켜 주고, 물이 흔들리면 물결 따라 춤추어 준다. 그것은 마치 이 나라 국민들의 지난 삶을 말해 주는 듯했다. 또한 베트남의 역사와 자연은 우리나라와 흡사하여 외세에 휘말려 이리저리 요동치며 고통 속에서 살아왔다. 그들의 과거나 우리의 아픈 역사는 인간의 끝없는 욕망이 불어대는 바람이었을까. 그 모든 역경에 흔들리며, 굽히며, 비켜 나가면서도 끝내 포기하지 않고 자기 것을 지켜 온 삶은 이 물속에 잠겨 춤추는 수초의 생명력과 같다.

비가 그치고 햇살은 수줍게 번져간다. 얼마의 시간이 흘렀는지 모르겠다. 시간을 노 저어 가는 그 여인은 흐르는 강물처럼 말이 없다. 나 자신의 모습을 멀찍이서 바라보고 있는 순간에 배는 서서히 어둠 속으로 들어가고 있었다. 앞은 캄캄하고 너무도 적막해 잠시 지옥으로 들어온 기분이 들었다. 출렁출렁 물소리, 통통 물방울 떨어지는 소리들, 그리고 바깥세상에서 들리지 않던 내 마음의 소리까지 공명이 되어 천상의 울림같이 들려온다. 갑자기 그녀가 소리를 질렀다. 어리둥절해 하고 있는 친구의 머리를 아래로 푹 눌러버린다. 천장에 매달린 종유석에 다칠 수 있으니 조심하라는 뜻이었다. 이곳 짱안의 동굴은 규모가 크지는 않았으나 정리되지 않은 자연의 모습 그대로 보존되어 있어 좋았다.

한 시간이 훨씬 지난 것 같다. 지금까지 잠시도 쉬지 않고 노를 젓던 사공은 여전히 무표정하다. 그의 연약한 두 팔에서 무슨 힘이 있어 이토록 완강히 버틸 수 있는 걸까. 옆에 앉아 있던 남편이 노를 대신 좀 저어 주겠다고 했더니 어림도 없다. 자연에 취해 옆을 잊었던 나는 고단한 이웃에 자꾸 신경이 쓰인다. 어떻게 하면 저 여인을 좀 도와 줄 수 있을까. 그 생각은 함께 탄 친구도 마찬가지였을 것이다.

옆을 스쳐 지나는 배에 탄 친구들이 손을 들어 환호하며 철없는 아이처럼 들떠 있었다. 발로 노를 젓는 사공도 있었다. 또 한 대가 가까이 왔다. 그곳에서는 뒷좌석에 앉은 친구가 함께 노를 저어 가고 있었다. 그때서야 살펴보니 우리 배에도 뒷자리 옆에 여벌의 노가 있었다. 사공의 노를 받아 저을 생각만 했지 함께 저어 갈 생각은 하지 못했던 것이다. 융통성 없는 네 사람은 서로 웃었다. 뒤에 앉은 남편과 그의 친구가 함께 노 젓기를 시작했다. 배는 쑥쑥 앞으로 나갔다. 함께한다는 것이 이렇게 좋은 것을, 무거웠던 마음이 한결 가벼워졌다.

배는 선착장에 도착했다. 처음부터 끝까지 무표정한 얼굴의 주인공 우리 배의 사공은 그제야 웃으면서 안녕이라고 인사했다. 살 줄 아는 사람은 어떤 상황에서라도 자신의 인생을 꽃피울 수 있다고 했던가. 세상이 아무리 힘들어도 함께 노 저어 갈 수 있는 사람이 옆에 있다면 행복하리라.

불턱

　이번 제주도 여행은 주로 자연을 찾아갈 계획이다. 전혀 다른 풍경과 조우하면서 불현듯 떠오르는 새로운 생각과 만나게 될 것을 기대한다.

　한라산을 오르는 것부터 제주에서의 여정은 시작되었다. 송악산, 마라도, 생각하는 정원, 산굼부리, 섭지코지, 성산포 유람까지가 이번 3박4일간의 일정이다.

　영실 어리목 코스를 따랐다. 빽빽한 소나무 숲을 지나 윗세오름까지 가는 길은 가을이 절정이다. 나무마다 형형색색으로 물들었고 군데군데 가을꽃이 우리를 반긴다. 등산로를 따라 오르다 보면 이상하게 생긴 바위들이 많다. 여기저기 때로는 줄지어 선 것처럼 모양은 각양각색이다. 어떤 것은 금방이라도 살아 움직일 것만 같은 형상들도 있다. 오백장군 바위라고 불린다. 거기에는 슬픈 전설이 서러있다. 하루해가 짧게만 느껴진다.

마지막 날이다. 아침 일찍 숙소를 출발하여 산록도로를 지나 숲 터널로 접어들었다. 안개가 자욱한 숲속 길은 태곳적 신비의 세계로 들어가는 듯하다. 앞이 잘 보이지 않는다. 자동차 불빛을 따라 기어가듯 움직였다. 길가에 노루가 나왔다가 놀라서 달아나고, 다람쥐들이 들락거린다. 산길을 돌아 넓은 도로로 나오니 밝은 태양이 나를 반긴다.

성산포 유람을 마치고 비행기 탑승 시간까지는 여유가 있었다. 스쳐지나가버린 해안 도로를 다시 돌아보기로 했다. 제주에서 손꼽히는 드라이브 코스인 산방산 입구에서 송악산 해안 도로를 달린다. 해안은 말 그대로 절경이다. 초원에는 말과 염소들이 풀을 뜯는 목가적인 풍경들이다. 검은 바위와 파란 물 그리고 출렁이는 파도, 낮은 집들이 옹기종기 모여 있는 바닷가 마을이 잠든 듯 고요하다.

잠시 차를 멈췄다. 시원한 바닷바람이 가슴을 틔어준다. 파도가 부딪치는 검은 바위에 점점이 앉아 있는 하얀 새들은 바다 저편 아득한 곳을 향하고 있다. 검은 돌 위를 걷는다. 험난한 인생길을 돌밭이라 했던가. 지난날 일들이 돌 사이를 맴돈다.

'불턱'이라는 안내판이 보인다. 그 생소한 말에 이끌려 검은 돌밭을 걸어 해안 가까이 가 보았다. 그곳에 돌담을 원형으로 쌓아올린 아담한 공간이 마련되어 있었다.

'불턱'이란 바로 '불을 피우는 자리'를 뜻하는 제주도 말이다. 해녀들이 옷을 갈아입거나 물질에 필요한 도구를 챙기고 언 몸을 녹

이기 위하여 불을 지피던 공간이다. 해안마을 갯가에는 마을마다 '불턱'이 마련되어 있었다. 불턱은 바람막이가 될 만한 공터나 바위그늘을 이용해 불을 피우는 곳도 있었지만, 대개 돌담을 네모 형이나 원형으로 쌓아 공간을 마련했다. 입구는 이중 돌담으로 터서 바깥에서 안쪽이 바로 보이지 않도록 했으며 위쪽엔 지붕 시설 없이 트인 간단한 공간이다.

불턱은 돌담 두른 소박한 공간이지만 이곳에선 해녀 간의 위계가 존재하였다. 화톳불을 가운데 두고 바람 부는 방향을 등진 자리가 '상군'(상잠수들)들의 자리이며 그 다음이 '중군'이 앉았다. 바람이 들고 불티와 연기가 날리는 자리는 물질 초년생들인 '하군'의 자리다. 이것은 깨뜨릴 수 없는 불문율이었다. 선배들이 물질 기술을 전수하거나 해녀들이 회의를 하는 등의 해녀 공동체를 형성하는 사랑방 역할을 한다.

또한 불턱은 제주 해녀들이 삶을 풀어 헤치는 이야기 공간이 되기도 했다. 일종의 신나는 여성 해방구라고나 할까. 그리하여 이곳은 서로의 처지를 이해하고 격려하며 타오르는 불기운만큼이나 따사로운 공간이 되었던 것이다. 그리고 엄마를 기다리는 동네 아이들의 놀이터 역할도 톡톡히 했다.

지금 불턱에는 더 이상 불이 피어오르지 않는다. 1980년 중반부터 관의 지원으로 온수 시설을 갖춘 현대식 탈의장이 들어서서 '불턱'을 대신하고 있다. 제주인의 애환이 담긴 이곳이 그 가치를 인정

제주도 해안에 남아 있는 불턱사진

받고 지역 문화재로 잘 관리되고 보존되었으면 좋겠다. 그리하여
생사를 넘나드는 위험한 물질 작업에서 서로의 안전을 위해 살피고
도왔던 제주 해녀 공동체 문화의 상징이었음을 후세들이 이해하는
데 도움이 될 수 있기를 기대해 본다.

　가을바람이 사늘하다. 멀지 않은 갯가에 태왁과 망태를 옆에 두
고 앉은 해녀들의 모습이 보인다. 보는 것만으로도 한기를 느낀다.
물질해온 전복과 문어를 팔고 있었다. 그들의 노동의 대가를 보고
마디 굵은 손과 미소를 본다. 마음 같아서는 뭔가를 사 주고 싶었지
만 곧 비행기를 타러 가야 하기 때문에 그럴 수 없었다. 미안한 마
음을 안고 발길을 돌렸다.

　세계자연유산으로 등재된 제주도가 자랑스럽다. 자연이 주는 선
물 한 아름 안고 차창 밖을 본다. 제주 해녀들의 숨비소리가 스치는
바람에 실려 온다.

동해의 꽃

경주 IC에서 외곽도로로 접어든다. 길은 굽이굽이 산모롱이를 돌고 돌았다. 속력을 낼 수도 없지만 그러고 싶지도 않았다. 바깥 풍경은 고요하고 평화롭다. 고속도로처럼 팽팽한 긴장감도 없이 마냥 여유로웠다.

얼마를 달렸을까. 작은 마을이 나왔다. 그리고 양남 면소재지에서 읍천항 쪽으로 방향을 잡았다. 읍천항에서 하서항까지 '주상절리 파도소리길' 공원이 약 1.7km가 조성되어 있다. 경주와 감포는 여러 번 다녀보았지만 양남으로 가는 길은 처음이다. 경상북도 경주시 양남면에 있는 주상절리군은 천연기념물 제536호다. 이곳은 오랫동안 군부대의 해안 작전지역으로 공개되지 못하다가 지난 2009년, 군부대가 철수하고 산책로가 조성되면서 그 기묘한 자연의 모습들이 우리에게 돌아왔다.

주상절리는 뜨거운 용암이 빠르게 식으면서 만들어지는 다각형

기둥(주상절리)이 수직으로 발달하는 것이 일반적이다. 하지만 양남의 주상절리군은 우리나라 해안의 다양한 주상절리(수직·수평·부채꼴)를 한자리에 모아놓은 듯 매우 특이한 형태를 띠고 있어 학술적 가치가 높은 지질명소다. 또한 동해의 형성과정을 이해하는 데에도 유용한 학술자료를 제공하고 있다.

　주차장에 차를 세우고 돌아서니 소박한 해안도로가 나를 반긴다. 하늘은 맑고 밝았다. 왼쪽으로 끝없이 펼쳐진 바다를 끼고 걷는다. 이야기가 있는 '파도소리길' 그 길 위에서 처음 만나는 출렁다리에 섰다. 마치 바다 위를 걷는 것 같은 아찔함을 느낀다. 사람들이 하나 둘 모여든다. 그들이 있어 이 길은 더욱 아름답다.

솔수펑을 지나 몽돌해변을 걷는 내내 바다와 하얀 포말을 일으키는 파도가 벗이 되어준다. 한 무리의 바람이 내 몸을 훑고 스쳐 지나간다. 모든 잡념들이 일시에 사라지는 듯하다. 누가 그랬던가. 바다로 가는 사람은 모든 것을 내려놓기 위해 간다고. 바람에 물어보고 파도에 실어 보내고 나면 남은 것은 무념무위의 세계다.

장작을 쌓아 놓은 듯이 빼곡하게 올라선 바위 끝에 부채꼴 모양으로 둥그렇게 모아진 주상절리가 보인다. 이것이 양남의 주상절리 중 가장 뛰어난 것으로 국내에서는 물론 세계적으로도 희귀한 것이란다. 사방으로 펼쳐진 모습이 마치 한 송이의 해국이 핀 것 같다고 하여 '동해의 꽃' 또는 아름다운 돌꽃 '석화'라 불린다. 그것은 용암과 세월로 빚어 보기 드문 걸작이 되었다. 누가 이렇게 아름답고 견고한 조각품을 만들 수 있겠는가. 꽃처럼 혹은 부채처럼 둥글게 펼쳐진 주상절리 사이로 파도는 웅얼웅얼 몰려왔다 쏴아 하고 빠져나간다.

'동해의 꽃'이라! 내게는 또 하나의 잊지 못할 동해의 꽃이 있었다. 그때 그 바다와 해당화, 눈물겹도록 아름답던 풍경은 수십 년이 지난 지금도 잊지 못한다. 6월이었다. 그날도 날씨가 좋았다. 포항에서 울진까지 해변도로를 달렸다. 오른쪽이 바다요 왼쪽은 솔숲 우거진 산과 바위틈에 핀 해당화가 한데 어우러져 나를 유혹했다. 푸른 바다 흰 파도 그리고 붉은 해당화는 자연만이 빚을 수 있는 하늘이 내려준 작품이었다. 그 매력에 취해 온전히 혼을 빼앗긴 적이 있었다.

몇 해가 지났을까 삶이 바빠서 까마득히 잊고 있던 그 꽃이 보고 싶었다. 그해 6월, 다시 그곳을 찾았다. 하지만 아름답던 옛길은 어디로 밀려 났는지 찾을 수 없고 넓고 새로운 도로가 생겼다. 그렇게 그리웠던 동해바닷가의 해당화는 보이지 않았다. 순간 나는 절망했다. 어디로 갔을까 내가 길을 잘못 찾은 것일까. 길이 너무 많아 길을 잃는다는 말이 떠올랐다. 빠르고 편리함만 쫓다가 진정으로 소중한 자연이란 큰 스승을 잃어버린 것이 아닌가. 어쩌면 우리들의 아름다운 영혼까지도 가로질러 길이 나지 않을는지. 그곳에 가면 일상의 티끌을 다 떨쳐버리리라 생각했었는데 아쉬움만 안고 돌아왔다.

흙길을 밟으며 바다 가까이 더 가까이 걸어본다. 삼각뿔 모양 혹은 사다리꼴처럼 특이하게 생긴 큰 바위들이 모인 듯 흩어진 듯 눈앞에 다가온다. 단단한 바위에 뿌리내린 작은 소나무가 애처롭다. 어찌하여 저들은 저토록 처절한 삶의 터전에 던져졌을까. 그곳에 그렇게 살아남기 위해 자신을 옥죄고 욕망을 잘라내기를 얼마나 했는지. 움직이지 못하는 연약한 나무도 거센 바람을 잘도 견디는데 너는 어떻게 살았느냐고 내게 물어본다.

자연이 들려주는 음악소리를 들으며 다시 걷는다. '위로 솟은 주상절리'가 있다. 이것은 '수직주상절리' 또는 '입상주상절리'라고도 불린다. 정교한 돌기둥들이 수직으로 넓게 군집되어 마치 숲을 한 묶음씩 엮어 세워놓은 것 같다. 그리고 양남의 주상절리 중 전망대와 가장 가까이 있는 '누워있는 주상절리', '와상 주상절리' 군을 만날 수 있다. 원목 집하장 같기도 하고, 철길 침목을 계단처럼 쌓아 놓은 것 같기도 하다. 또한 여러 형태의 절리가 한꺼번에 모인 듯 넓게 형성된 울퉁불퉁한 바위지대 너머로 '기울어진 주상절리'는 지처 비스듬히 기대어 있는 듯하다. 파도가 철썩 그의 몸을 숨겼다가 다시 내어놓는다. 한 여인이 먼 바다를 바라보며 앉아 있는 모습이 한 폭의 그림처럼 눈길을 끌었다. 무엇을 기다리고 있는가.

여기저기에서 파도가 경쟁을 하듯 바위를 때린다. 높이 치솟은 파도는 꼭 떠나고 나서야 보인다. 카메라를 들고 기다린다. 거대한 파도 뭉치가 굴러 온다. 한바탕 크게 부서질 것 같다. 아주 멋진 한

장면을 건지겠노라고 숨을 죽이고 기다렸다. 하지만 그 또한 지나고 난 뒤에 파도의 꼬리만 겨우 잡았다. 내 삶이 그랬다. 주춤주춤하다가 기회를 놓치고, 포기하고 돌아서면 아주잠깐 파도처럼 나를 치고 영영 사라져 버렸다. 그렇게 몇 번이고 철썩이며 내 몸에 들어왔다 나가기를 거듭했다.

해안 산책로를 따라 걷는 길은 여유롭다. 나무계단, 흙길, 몽돌해변, 그리고 저 멀리 등대가 있는 바닷가 파도소리길에는 곳곳에 쉬어가기 좋은 벤치와 정자 그리고 전망대가 설치되어있어 길 위의 사람들을 편하게 해 주었다. 그리고 다양한 주상절리의 모양에 따라 설명글이 준비되어있어 보는 이들의 이해를 돕고 있다.

경주시와 경상북도는 이곳 양남 주상절리군을 비롯해 남산, 문무대왕릉과 주변해안, 골굴암, 건천오봉산 등 다섯 개 지역을 2015년 말까지 국가지질공원으로 등재하고, 2017년까지 세계지질공원 등재를 목표로 하고 있다. 이렇게 되면 주상절리 해양경관조망벨트가 내륙 역사유적 중심의 경주관광에 해양관광이 융합돼 새로운 성장 동력으로 작용될 것 같다. 그 큰 그림이 어떤 모습으로 완성될까 가슴이 설렌다.

여행은 두 개의 얼굴을 지녔다고 했다. 여행자는 새로운 세상을 만나거나 또 다른 자신을 발견하고 싶어 한다. 한편 단기간에 많은 여행객을 유도하여 경제적 이익을 창출해 보자는 관광산업이다. 후자의 경우 때로는 자연환경이 무시되고, 산업의 공동체에 의해 원래 그곳에 뿌리를 둔 지역민들이 내몰리는 역현상을 가져 오기도 한다. 지금 이 길에는 모텔이며, 펜션 그리고 카페 같은 것들이 속속 들어서고 있다. 언젠가 다시 이곳을 찾았을 때 어떤 모습으로 나를 맞아줄까.

　동해의 꽃 부채꼴주상절리가 있는 해변을 파도와 갯바위를 친구 삼아 무심히 걷고 또 걸었다. 아직 사람들의 발길이 덜 닿은 곳, 세속의 때가 덜 탄 소박한 해안 길이 더욱 마음을 끌었다. 저 파도와 함께 잃어버린 동해의 해당화 길을 찾아가고 싶다. 청명한 하늘과 포말을 일으키는 파도에게 오늘 하루를 온전히 바친다.

한라산에서 두만강까지

설렘과 기대에 찬 마음으로 여행을 떠난다. 처음으로 우리나라 땅을 벗어나 본다. 이번 여행은 북경과 백두산 그리고 두만강까지이다.

백두산 천지, 그것은 사진으로나 교과서에서 보던 생각속의 땅이다. 극장에서 영화 시작하기 전에 애국가와 함께 비춰지던 그 웅장하고 아름다운 우리 산. 그것을 본다는 기쁨으로 밤새도록 잠을 설쳤다.

아침부터 그리 쾌청한 날씨는 아니었다. 버스로 장백산 아래에 도착했다. 눈앞에는 웅장한 산이 버티고 있고 천지라는 간판이 붙어있다. 드디어 천지에 가는 거구나 생각하니 가슴이 설렌다. 먼저 올라간 사람들이 무리무리 내려오고 있었다.

우리들은 지프차에 나누어 탔다. 산 중턱을 오를 때까지 비가 계속 내렸다. 길은 가파르고 험한데 운전사는 완전히 곡예 운전을 한다. 불평한들 소용이 없고 그에게 우리들의 생명이 담보 잡힌 기분이 들었다. 그래도 나는 백두산에 오르고 천지를 볼 수 있다는 기대감에 마냥 좋았다. 정상에 가까워질수록 작은 나무들이 누워서 자라고 있었다. 행여 변덕심한 천지의 바람에 날아갈까 바짝 몸을 낮췄다. 나무도 살아남기 위하여 자연에 순종하는 삶을 살 수 밖에 없었던 모양이다.

산꼭대기에 오르자 상황은 완전히 달라졌다. 눈보라가 휘몰아치고 앞을 분간할 수 없을 만큼 암흑 천지였다. 갑작스런 기온 변화에 당황한 사람들은 이리저리 휘몰리고 있었다. 조금만 실수하면 기암절벽으로 떨어질 것 같은 위기감마저 들었다. 서로가 서로에게 의지하면서 차츰 냉정을 찾는 듯했다.

천지는 캄캄했다. 그렇게 보고 싶었던 곳, 그래서 돌아가면 실감나게 이야기해 주고 싶었지만 허사였다. 한치 앞을 내다볼 수 없는 짙은 운무는 어디가 시작이고 어디가 끝인지 모를 흐릿한 꿈속인 양 분간이 가지않았다. 천지는 끝내 얼굴을 내밀지 않고, 구름속의 백두산도 모습을 드러내지 않았다. 마음마저 캄캄하여 좌절하고 있는데 어디선가 은은히 들려오는 노랫소리. 그 소리는 뜻밖에도 애국가였다. 순간 가슴이 뭉클했다. 한 사람 한 사람 소리가 보태졌다가 악천후 속으로 사라졌다. 날씨가 환했으면 모두들 얼싸안고 더 크게 노래 불렀으리라. 나라를 떠나면 누구나 애국자가 된다고 했던가. 어둠 속에서 부른 그 애국가 소리는 마치 우리 민족의 스러

지지 않는 영혼을 본 듯, 영원히 살아남으리라는 확신 같은 것을 느낄 수 있었다.

　일행은 끝내 천지의 얼굴도, 백두산의 그 위용도, 그렇게 아름답다는 야생화도 보는 걸 포기해야 했다. 몸을 날려버릴 듯한 강풍과 짙은 구름, 바람을 탄 눈보라가 연신 뺨을 후려치는 악천후로 끝내 돌아설 수밖에 없었다. 자연의 조화 앞에 인간은 무력할 뿐 쫓기듯 되돌아 내려오는 길이 처연하다.

　장백산 폭포를 향해 가는 버스 안은 아쉬움이 가득하다. 그곳은 화산 지역이다. 용암이 흘러 내려 굳어진 것 같은 바위들과 돌들이 즐비하였다. 천지의 물이 넘쳐 승사하를 지나 장백폭포를 이룬다고 했다. 거대한 물줄기와 높고 큰 산등성이는 안개구름에 휩싸여 오묘한 풍경을 만들고 있다. 노천 온천에서 김이 모락모락 올라오고 있다. 하늘에서는 빗물이 쏟아지고 지표에서는 김이 올라오는 이 묘한 현상을 온몸으로 느끼며 아쉬운 마음을 접었다. 온천물에 삶은 달걀을 우산 속에서 먹었다. 달걀 특유의 비린내도 없고 맛이 좋았다. 이곳에 모인 모든 사람들의 표정은 천진한 어린아이 같다. 대 자연의 품안에서는 나이도 잊어버리는 모양이다.

　숙소로 돌아오는 길에 화제는 자연스럽게 백두산으로 올라갔다. 가이드의 말에 의하면 천지를 보는 것은 하늘의 뜻이라고 했다. 그렇다면 하늘은 아직 우리들에게 그를 보여주고픈 마음이 없는 모양인가. 일행 중 누군가가 말한다. "우리 통일되면 남한에서 북한

땅 거쳐서 육로로 백두산까지 가자. 그때 다시 천지를 보자." 모두 박수를 쳤다.

통일 그 얼마만한 세월을 우리 가슴에 자리하고 있었던 말인가. 초등학교 들기 전부터 우리의 소원은 통일이었다. 그러나 여기 일행들은 벌써 예순을 바라보는 사람들이다. 그토록 긴 세월을 노래했건만 아직도 이루지 못하고 있다. 그렇게 어려운 일인 것을 살아서 통일된 땅을 밟아 백두산까지 오기를 기대한다는 것은 어쩌면 희망일 뿐일지도 모르겠다.

다음 코스는 두만강이다.

우리 역사의 발자취를 찾아갔다. 용정에 있는 용문고와 대성중학교를 들렀다. 그곳에는 북한의 직원들이 배치되어 있어 우리들에게 현지의 내력을 설명해 주었다. 시내를 벗어나니 광활한 들판이 펼쳐졌다. 중국과 한국의 국경지대인 도문으로 가는 길이다.

날씨는 화창하고 길은 멀었다. 옛 선조들이 여기 이 넓은 땅을 지나 몽고를 거쳐 러시아까지 다녔을 텐데 지금은 그렇게 할 수 없음이 안타깝다. 이제 중국과 수교가 되어 자유왕래가 가능하게 되었으니 통일이 되면 육로로 우리 땅 밟고 두만강 다리건너 러시아까지, 그리고 계속 유럽까지 여행할 수 있는 날을 상상해 본다.

두만강에 도착했다. 이곳 중국 지명은 도문이다. 강 건너 북녘 땅이 눈에 들어온다. 소리 지르면 대답해 올 것 같았다. 강 위에 놓인 다리의 반은 청색, 반은 백색으로 칠해져 있다. 청색 부분은 중국,

백색 부분은 한국 땅이라고 했다.

우리나라 관광객이 많고 이곳에 거주하는 대부분의 사람들이 조선족이라 별로 낯설지 않게 느껴졌다. 두만강 다리와 국경이란 돌비를 배경으로 모두들 사진을 찍었다. 강변을 거닐며 "두만강 푸른 물에 노 젖는 뱃사공……" 하는 노래가 생각났다. 그러나 두만강 푸른 물은 말랐고 노 젖는 뱃사공은 없었다.

국경지대(도문)를 떠나 다시 연길 공항으로 갔다. 아마 버스로 다섯 시간 정도 걸린 것 같았다. 넓은 평원이 끝없이 펼쳐졌고 수 없이 많은 농작물들이 자라고 있었다. 이것들이 헐값으로 한국의 좁은 땅에 밀려든다면 우리의 농촌은 어떻게 될까. 두려운 생각이 들었다. 생각은 꼬리를 물고 달린다.

지금 이 여정을 북한 땅을 거쳐 두만강을 건너온다면 얼마의 시간이 걸릴까. 그리고 경비는 얼마나 절감될 수 있을까. 대구에서 북경으로 거기서 다시 연길 그리고 도문까지 와야 하는 것을 내나라 땅인 북한을 거쳐 온다면 참 좋을 것 같다. 통일된다면 유럽까지도 기차여행이 가능하련만.

앙코르 왕조 그 찬란했던 흔적

오늘은 앙코르 유적지로 가게 된다. 어떤 세상들이 우리를 기다리고 있을까. 잠시 호텔 주변을 구경하면서 일정을 생각한다.

도로에 평범하지 않은 행렬 하나가 지나간다. 단체 소풍인줄 알았는데 그것이 아니었다. 큰 조개로 만든 고동 소리와 이상한 악기 소리, 느린 걸음에 숙연한 군상들, 그것은 장례행렬이었다.

캄보디아 장례식은 축제 분위기에서 치른다고 했다. 노래, 춤, 공연 등이 열린다. 그들은 죽은 사람이 현세보다 더 좋은 곳으로 간다고 믿기 때문에 축하하는 마음으로 죽은 자를 보낸다고 했다. 시신을 나무와 나무 사이에 놓고 화장한다. 나무는 왕을 뜻함이며 다음 생에는 왕으로 태어나라는 뜻이란다. 화장하여 재를 항아리에 담아 안방에 1년간 보관하였다가 들판에 뿌린다고 한다. 현세의 어려움은 잠시뿐 영혼이 다시 산다는 미래 세상을 믿고 살아가는 그들. 고달픈 일상 속에서도 미소를 잃지 않은 것은 삶보다 더 화려한 죽음을 기대함일까. 이방의 나라에서 또 다른 삶의 한 페이지를 보게 되었다.

밀림 속 유적지 세계7대 불가사의라고 하는 앙코르와트 안내소에 도착했다. 천년만년의 영광을 꿈꾸며 건설해 놓은 왕국, 그 신기루 같은 사원, 신의 불멸을 증거하는 그곳을 향해 사람들은 쉼 없이 몰려들고 있다. 주 사원까지는 울창한 숲 속을 한참 걸어 들어가야 했다. 숲길을 걷는 동안 캄보디아 전통악기로 연주를 하면서 구걸하는 사람들을 볼 수 있었다. 우리나라 아리랑을 들려주었다. 이들은 모두 다리가 없었다. 그 역시 아픈 역사의 흔적인가! 가슴이 아려온다.

거대한 석조 건물들이 눈에 들어왔다. 돌 벽에 둘러싸인 정사각형의 도성 앙코르톰. 이 성으로 들어가는 문은 모두 다섯 개, 관광객들은 가장 화려한 남문을 주로 이용한다. 여기서부터 오늘 일정이 시작된다.

앙코르톰은 관음보살의 얼굴과 코끼리 조각과 비슈누 등 힌두교 신의 부조로 장식된 화려한 문루, 해자위에 놓인 다리 좌우 난간에 도열한 나가(크메르인이 믿었던 뱀 신)상과 수십 개의 석상, 블록 쌓기를 연상 시킬 만큼 짜임새 있게 맞물린 돌조각 성벽들이 우리 마음을 압도했다.

성문을 지나 바이욘 사원으로 들어섰다. 바이욘 사원에 있는 사방을 향해 인자하게 미소 짓는 관음보살상은 곧 신성한 왕도, 앙코르의 주인인 자야바르만 7세 자신을 나타낸다고 했다. 회랑의 벽면에는 그 당시 크메르인들의 역사적 사건과 생활상이 부조로 새겨져 있다. 그 거대한 석조 건물의 넓은 벽면에 빈틈없이 새겨진 조각들을 보고 있노라면 과연 누구의 손으로 얼마간의 시간과 노력으로 이룩할 수 있었을까. 상상이 가지 않았다. 왕에 대한 절대적인 숭배, 신에 대한 절대적인 믿음, 그 힘이 빚어낸 불후의 명작 앞에 그냥 말을 잊는다.

타프롬 사원으로 갔다. 앙코르 시대의 가장 큰 사원 중의 하나이었던 타프롬 사원은 자야바르만 7세가 모친의 거처를 위해 건립한 것이라 했다. 이 사원은 보수하지 않고 옛날 그대로 남아있어 커가는 나무들에 의해 심하게 훼손되고 있다. 자연의 힘이 인간들의 유적을 어떻게 파괴하는지 알려주기 위해 방치한다고 했다.

사원의 담벼락과 건물들을 자이언트팜나무의 뿌리가 파고들어 기둥이며 지붕이 내려앉을 것 같다. 사원을 휘감은 나무뿌리들은 마치 뱀이 살아서 움직이는 듯하다. 막대한 인력과 재력 그리고 수많은 세월에 걸쳐 만들어진 거대한 사원이 보잘것없는 나무줄기, 혹은 새가 물어 나른 작은 씨앗에 의해 뻗어 내린 나무뿌리에 얽혀, 묶이고 조이고 또 갈라지고 있는 성의 모습들을 본다. 이것은 생명 있음과 없음의 차이가 아닐까. 자연의 힘 앞에 인간의 오만함이 여지없이 무너지는 것 같은, 나무의 거대한 생명력이 두렵기까지 한다.

발길은 다시 세계7대 불가사의 앙코르와트에 도착했다. 세계최

대의 건축물로 알려진 사원 앞에 발을 멈춘다. 이건 건축물이 아니라 태산 같은 돌무더기, 거대한 산이다. 이 수많은 돌들을 어디서 어떻게 옮길 수 있었을까? 기록에 의하면 37년간에 걸쳐 완공된 것이라지만 그 정도의 시간 동안 첨단 기계의 도움도 없이 사람의 힘으로만 지어진 건물이라고 생각하기엔 너무나 엄청난 규모이다.

앙코르와트는 힌두교 신들과 그 대리인 왕에게 바쳐진 장대한 건축물이라고 할 수 있다. 따라서 이곳에 있는 모든 건축물 하나하나에는 크메르인들의 독자적인 문화와 그들의 우주관 및 신앙관들이 고스란히 담겨있다. 엄청난 국력과 재력, 왕들의 신앙심이 합쳐져 거대한 사원의 역사가 이루어진 것이다.

이 건축물의 양식이 사원인지 무덤인지 학자들 사이에 의견이 분분하다. 하지만 자신이 힌두교의 비슈누이기를 바랐던 수리야바르만 2세였고 보면 생전에는 신전으로, 사후에는 자신의 무덤으로 사용된 것으로 추측할 수 있다. 해서 출입문이 다른 사원들과 달리 죽음을 상징하는 서쪽으로 나있고 회랑의 부조들도 왼쪽에서 오른쪽으로 새겨져 있다. 이 건축물은 서향이라 특히 해지는 모습이 아름답다고 하나 우리들의 일정과는 시간차가 있어 그 아름다운 풍경을 감상할 수 없게 되었다.

신전 중앙에 있는 다섯 개의 탑과 건물. 이를 둘러싸고 있는 해자 위로 다리가 놓여있다. 우리들은 길고 웅장한 석조 다리를 건너면서 신전의 모습에 취했다. 다리위에서 앙코르와트 사원을 배경으

로 웨딩 촬영을 하는 모습들을 볼 수 있었고. 세계 각국의 많은 사
람들을 만날 수 있었다.

　건물 외벽에 빈틈없이 새겨진 부조들은 신들에 얽힌 설화들과 압
사라라 불리는 아름다운 선녀들 수천 명이 하늘에서 춤추고 있다.
이 거대한 건축의 벽면에 빼곡히 새겨진 부조들과 수많은 조각들의
아름다움과 섬세함, 각종 조형물에 조각된 예술 작품들은 크메르제
국의 화려한 전성기를 보는 듯하다.

　우리는 경주 불국사 석굴암의 부조를 보고 감탄한다. 그러나 그
규모나 섬세함이며 예술적 감성은 거기에 비할 바가 아니었다. 어
떻게 설명해야 할지, 보인 모습 그대로 글로 나타낼 수 있었으면 좋
으련만 그 능력 없음이 참으로 안타깝다.

　우리는 앙코르와트 중앙 탑에 이르렀다. 이 탑은 세계의 중심이
되는 곳이라는 의미로 지어졌다고 한다. 불상들이 쭉 늘어서 있는
기단을 지나 가파른 계단을 만나게 된다. 기어오르지 않으면 오를
수 없는, 신에게로 가는 길은 멀고 험하다. 올라갈까 말까 모두들
많이 망설였다. 그러나 이곳에 다시 온다는 기약이 없으니 갈 수 있
는 곳까지라도 올라가 보리라는 마음으로 용기를 내었다. 먼저 오
른 사람들의 뒤로 하나, 둘, 조심스레 올랐다. 계단은 좁고 가팔라
서 자칫하면 굴러 떨어질 것 같았다.

　드디어 끝까지 올랐다.　탄성이 절로 나온다. 천상의 나라에 온
것 같은 기분이다. 발아래 펼쳐지는 사원의 모습과 열대의 정글, 그

아름다움과 웅장함은 왕의 사원으로서 충분함을 말해준다. 첨탑 곳곳을 돌며 밑에서 보지 못한 풍경들을 감상하면서 땀을 식혔다. 천상과 같은 꼭대기에 광장이 있다. 그것은 왕이 목욕했던 곳이라 하였다. 빗물을 받아 사용했단다. 정말 불가사의 그 자체다. 올라오지 않았다면 후회할 뻔했다.

내려오는 길은 더 힘들었다. 다리가 덜덜 떨리고 힘이 빠지는 것 같다. 아주 천천히 그리고 침착하게 내려오는데 가이드가 힘 드는 곳마다 도움을 주었다. 가파른 계단을 내려올 때는 뒤로 내려오는 것이 편하단다.

사원을 둘러보니 전쟁에 의한 상처로 훼손 된 곳이 많았다. 그것은 이 나라의 아픈 역사를 대변이라도 하는 듯하다. 캄보디아는 오랜 전쟁과 정치적 혼란 등으로 풍요롭고 행복했던 날보다는 아픔을 겪은 날들이 훨씬 많은 나라다. 하지만 천년세월을 밀림에 휩싸인 채 굳건히 버티어온 앙코르 유적지가 상처 많은 이 나라 국민에게 신이 주는 위로의 선물이 되기를 기도해 본다. '밀림 속 앙코르에 빈손의 순례자 되어 가리라'고 노래한 어느 시인의 감성에 공감하면서 또 다른 내일을 기대한다.

지상의 또 다른 세상

이 지상의 또 다른 세상을 찾아 나선다. 방콕에서 앙코르 사원이 있는 캄보디아 시엠리엡까지는 길도 험하고 시간도 많이 걸린다고 한다.

태국과 캄보디아의 국경에 있는 도시 아란에 도착했다. 이곳에는 국경 시장이 열리고 있었다. 남루한 옷차림의 주민, 커다란 나무수레에 버겁도록 짐을 싣고 가는 그들의 야윈 어깨 위에서 삶의 무게가 느껴진다. 지금쯤 초등학교에 다녀야 할 정도의 여자 아이가 주먹 만한 아기를 안고 관광객에게 구걸을 한다. 그리고 맨발의 어린이들의 초라한 모습은 6·25전쟁 직후 우리나라의 거리 풍경을 연상케 했다. 동병상련이랄까 그들에게 연민의 정이 느껴진다.

6·25전쟁 직후 우리 고향에 포로수용소가 있었다. 폐허가 된 시가지를 미 군용트럭은 수시로 먼지를 일으키며 질주했다. 그럴 때면 그들이 먹다 남은 건빵이나 초콜릿, 다 먹고 귀퉁이에 조금 붙어

있는 잼 통 같은 것들을 길바닥으로 마구 던졌다. 아이들은 그것을 주워 먹으려고 구름 같은 먼지 속으로 뛰어든다. 싸우고 넘어지고 아귀다툼이다. 이런 처참한 모습을 즐기려는 것인가. 야유하듯 웃어대는 그들의 얼굴이 아직도 머릿속에 생생하게 남아있다. 뼈가 앙상하게 드러난 메마른 체구에 아무데나 손을 벌리는 이곳 어린이들의 처절한 눈빛이 가슴을 저리게 한다.

짐꾼들에게 짐을 실어 보내고 우리들은 걸어서 캄보디아로 넘어간다. 캄보디아 국경 도시 뽀이펫에서 입국 수속을 하게 된다. 사람들이 무척 붐빈다. 입국사무소로 가는 길 양쪽 옆에 늘어선 현대식 건물은 카지노다. 자국에서 카지노가 금지된 태국인들을 위한 시설이다. 그 바로 앞 도로에서 힘겹게 하루하루를 연명해가는 캄보디아 사람들의 모습과는 너무나 대조적이다.

국경을 넘어가는 입구에 앙코르와트의 첨탑을 본뜬 대형 아치가 세워져 있었다. 간단히 기념 촬영을 하고 캄보디아 땅으로 들어갔다. 타국에서 패스 하나로 또 다른 국경을 넘나들며 생업을 이어가는 사람들의 모습이 낯설게 느껴진다. 같은 조상을 가진 우리 땅의 반쪽은 언제쯤 자유롭게 다닐 수 있을까.

뽀이펫에서 캄보디아 버스로 갈아탔다. 이곳에서 시엠리엡까지는 6시간 정도 걸리는데 비포장도로가 대부분이다. "지금부터 오지탐험의 시작입니다. 엄청난 고행이 될 것이니 시간도 거리도 묻지 말고 모든 걸 버리고 그냥 보이는 대로 느끼고 생각하면서 갑시다." 가이드의 말이다. 빈 마음으로 가자는 그의 말이 마음에 들었다.

　이곳의 기후는 건기와 우기로 나누어지는데 지금이 3개월 동안 비다운 비 한번 내리지 않는 건기에 속한다. 길은 쭉 뻗어 있는데 아래위로 굴곡이 워낙 심하여 차창에 머리를 부딪치고 팔꿈치를 부딪치고 엉덩이가 엄청 아프다. 붉은 흙먼지 길을 파도타기 하듯 차는 달린다. 길가의 나무며 집들은 온통 흙먼지를 뒤집어쓰고 있다.

　뽀이펫과 시엠리엡 중간 도시인 시소폰에서 점심 식사를 하고 차에 올랐다. 다시 흙먼지를 일으키며 달린다. 버스 안에서 캄보디아와 앙코르 유적지의 역사와 톤레사프 호수의 지리적 의미에 관해 자세한 설명을 들었다. 모든 걸 기억할 수는 없지만 대충 큰 맥은 잡을 수 있어 앞으로의 여정에 도움이 되었다.

　이리저리 흔들리면서 고생이 심했지만 잘 닦여진 포장도로보다 더 재미있고 운치가 있었다. 도로주변의 주택들은 그것이 움막인지 집인지 구분이 가지 않는다. 집의 구조는 대부분 2층이며 1층에는 기거를 하지 않는다. 기둥은 각이 지게 하고 집 주변에 바나나 나무를 심어 뱀의 접근을 막는다고 한다. 꾸며지지 않은 자연 속에서 살아가는 사람들, 그 삶은 우리들이 느끼는 만큼 불행해 보이지는 않았다. 그들 나름대로 지혜롭게 살아가고 있었다. 다만 문명의 바람이 더디 부는 것뿐이다.

　오토바이에 수십 마리의 살아있는 닭을 거꾸로 매달고 달리는가

하면, 살아있는 돼지를 싣고 흙바람을 일으키며 달리고 있다. 진풍
경이다. 들판에 방목하는 소떼들의 느린 걸음은 바쁘게만 살아오
던 우리의 마음에도 여유를 준다. 가도 가도 산은 보이지 않고 끝없
이 펼쳐지는 넓은 들판뿐이다. 곳곳에 있는 물웅덩이에서는 벌거
벗은 아이들이 고기잡이를 하고 있다.

어린 시절 고향에서의 일들이 생각난다. 장마 뒤에 흙탕물에 덮
인 논에 통발을 놓아 고기 잡던 모습이 눈앞을 스친다. 벼베기 하는
모습들도 보였다.

드디어 시엠리엡에 도착하였다. 호텔에 여장을 풀고 오늘의 목적
지인 톤레사프 호수로 향했다. 이 호수는 우리나라 경상남북도를
합친 면적만한 광활한 호수로서 히말라야에서 발원하여 메콩강과
합해진다고 한다. 여기서 작은 배에 올랐다. 수로를 따라가는 뱃길
양쪽에 띄엄띄엄 늘어선 키 큰 야자수들은 우리들을 아열대 풍경

속으로 빨아들였다. 호수 가장자리에 펼쳐지는 수상촌은 주로 고기를 잡아 생활을 한다. 중국계 상인들과, 보트피플로 알려진 베트남 난민들과, 캄보디아에서 가장 가난한 사람들이 모여 사는 빈민촌이다. 여기야말로 캄보디아의 고통의 역사를 가장 가까이에서 느낄 수 있는 곳이라 할 수 있을 것 같다.

성당이 있고, 대장간도 있고, 잡은 고기로 젓갈을 담는 곳도 있다. 또 배를 저어 학교에 가는 아이들도 있다. 그들의 생활 터전이 물위라는 걸 빼고는 일반 사람들과 사는 건 마찬가지다. 비록 보잘 것없는 움막 같은 집에 변변한 농토조차 없지만 호수를 믿고 살아가는 이곳 주민들에게서 따뜻한 인간미가 흘렀다.

배는 점점 호수 중앙으로 향하고 있다. 망망대해로 변해버린 톤레사프 호수에 몸과 마음을 주어버리니 일엽편주에 몸을 싣고 혼자 떠가는 기분이다. 수평선은 점점 물들고, 넓디넓은 호수 한가운데 노을이 번진다. 그 화려한 빛깔에 말을 잊었다. 가슴이 저려온다. 노을 진 호수는 서서히 어둠으로 빠진다.

배를 잠시 세워 두고 물 위에 떠 있는 카페에 들렀다. 2층 난간에 기대어 그 곳에서 잡은 새우를 안주삼아 마시는 술 한 잔은 세속의 잔해를 날려버리기에 충분했다.

호수위에 지는 해는 아름답다. 가슴속 깊숙이 그 감흥을 간직해야겠다. 집에 가서 그것을 꺼내어 그림도 그리고 글도 쓸 것이다.

어둠이 내린다. 뱃머리를 돌렸다. 선착장엔 긴 그림자들이 기다리고 있었다. 흔들리는 우리들의 손을 말없이 잡아주는 이곳 주민들의 따뜻한 정성에 감사했다. 호수를 뒤로하고 돌아오는 길, 빈민가들은 서서히 어둠 속으로 잠겼다. 많이 힘들고 고달픈 그들의 삶. 그 긴 여정은 어디쯤에서 끝이 보일까. 슬슬함이 찾아든다.

5
살며 기다리며

울타리

시댁 식구들과 친정 식구들이 함께하는 식사 자리를 마련했다. 형님이고 형수고 자식들이며 손자들, 그리고 동생들과 조카들이 차례로 자리에 앉았다. 준비는 조촐하지만 마음은 풍요롭다. 오늘은 남편의 칠순 날이다.

세월은 그냥 흘러만 가는 것이 아니었다. 둘이 결혼하여 자식을 낳고, 그 자식들이 또 자식을 낳았다. 그리하여 둘이던 우리는 벌써 열이 되었다. 이 나이까지 무사히 올 수 있었던 것은 힘들어 주저앉고 싶을 때 손잡아 주는 형제가 있었고, 눈물 닦아주는 부모님이 계셨기에 가능했으리라.

시숙님의 감사 기도로 축하의 시간이 열렸다. 식사와 축배로 분위기는 한껏 고조되었다. 같은 도시 속에 살면서 뭐 그리 바빴던지 서로 한 자리에 모일 시간이 그리 많지 않았다. 이야기는 끝없이 이어지고 옛날과 현재를 오르락내리락 한다. 젊은이는 젊은이들끼리 어린 아이는 저들끼리 재미에 푹 젖었다. 그래서 가족이 좋고 가족은 자주 얼굴보고 살아야 함을 새삼스럽게 느낀다.

그 모습들 속에서 지난 세월이 읽힌다.

우리 집 둘레에는 찔레나무가 갖가지 화초들과 더불어 아름다운 울타리를 만들고 있었다. 그것은 아마 어린 생명을 보호하라고 하늘이 어머니에게 만들어준 선물인지도 모른다. 봄이면 하얀 꽃을 피웠고 가을이면 빨간 열매가 하늘을 향해 우리들을 축복해 주는 듯했다. 그 울타리 속에서 서로 부대끼며 웃고 울며 자랐다.

우리는 항상 바르게 살아야 했다. "아비 없이 막자란 자식이라 별 수 없구나."하는 비난을 듣는 것을 용납할 수 없었던 어머니는 그만큼 매사에 엄격하셨다. 우린 그 뜻을 거스를 수 없었다. 철없이 날뛰고 울고 싶으면 울고 즐거우면 웃으면서 때로는 응석을 부려도 좋을 어린 시절을, 우리들은 조금씩 또는 아주 많이 자신을 억제하면서 살았다. 그것은 어머니의 울타리가 많은 식솔들을 혼자 지켜야 하는 처절한 가시울타리였기 때문이다.

우리 형제 일곱 남매와 삼촌과 고모까지 합하면 열하나의 어린 삶이 어머니의 몫이었다. 천형의 무게를 짊어지고 그 세월을 이겨내야 했었다. 허나 어머니에게 우리들은 짐인 동시에 희망이고 꿈이며 당신이 삶을 유지하는 이유이기도 했을 것이다. 하여 제 뱃속의 내장을 뽑아서 거미줄을 만들고, 그 거미줄로 집도 짓고 사냥도 하여 새끼들을 키우는 거미처럼, 당신도 마지막 남은 내장까지 다

뽑아 우리들을 키웠으리라.

어머니는 말수가 적은 사람이었다. 아무리 힘들어도 그냥 살고 계셨다. 그러나

"내 울 안에서 살아난 사람은 어디를 가도 인간답게 살아야한다. 남의 손가락질 받을 일을 해서는 절대로 안 된다."는 말은 잠결에 도 들릴 정도로 철저히 못을 박았다. 그 밖의 일들은 묵묵히 받아들 이기만 하는 것이 어머니의 모습이었다. 내가 물었다.

"엄마, 어쩌면 그렇게 살 수 있어요?" 답은 간단명료했다.

"당해 못할 일이 어디 있나." 그 후로도 가끔 그와 비슷한 질문을 하면 답은 똑 같았다.

어떻게 살았을까. 나는 예순이 넘은 세월을 살아온 지금도 어머니의 그 시간들을 계산할 수도 이해할 수도 없다.

그리고 내게도 어느덧 자식이 생겼고 만만찮은 현실의 고개를 넘기 위해 허겁지겁 살아야 했다. 몸살 앓으면서 생의 진리를 깨달았고 슬픔은 슬픔의 밑바닥까지 가야 소멸된다는 사실에 익숙해졌다. '언젠가는'이라는 그 '언제'를 기다리며 "당해 못할 일이 어디 있나."던 어머니의 음성을 들으며 내 몫의 인생길을 걸었다.

세월은 저절로 우리 형제들 하나씩 하나씩을 어머니의 울타리 밖으로 밀어냈다. 우리들은 자신만을 위한 꿈들을 조금씩 양보하면서 서로 도우며 격려하면서 그렇게 살았다. 각자의 새로운 그물을 만들고 얽어 인드라망의 진주처럼 서로를 비추면서 위로하였다. 지난날 오순도순 모여 살았던 대가족 시절을 아름다운 전설처럼, 때론 슬픈 이야기처럼 가슴으로 읽으면서 견디어왔다. 그리하여 어머니의 성은 무너지지 않았고 형제들의 울타리는 소박하지만 단단했다.

즐거웠던 한 순간이 지나갔다. 오랜만에 한 자리에 모인 가족들은 남편의 칠순을 진심으로 축복해 주고 떠났다. 그들이야말로 지금의 나를 만든 하나하나의 덧기둥이었고 든든한 울타리였음을 안다. 그래서 더욱 고맙다.

뒷마무리를 하고 돌아서니 자식들이 눈에 들어온다. 일가를 이루고 탈 없이 살아준 그들과 손자들이 고맙고 자랑스럽다. 이제 우리는 저만치 물러서서 자식의 등 뒤를 지켜봐야 할 때가 아닐까.

 새 둥지를 만들어 꾸려가고 있는 그들의 울타리는 꽃 울타리였으면 좋겠다. 그리고 그 꽃향기가 온 세상으로 번져 널리 퍼지기를 소망을 해본다.

비상대기조

아침부터 마음만 부산하고 일은 손에 잡히지 않는다.

전화가 울렸다. 둘째 아들의 다급한 목소리가 건너온다.

"권이엄마 지금 병원에 갔어요."

예정일이 한참 남았는데 갑자기 배가 아파 병원으로 갔다니 걱정이 앞선다.

지금 준비해서 서울로 간다 해도 네 시간은 족히 걸릴 것이다. 무엇을 어떻게 넣었는지 정신없이 가방을 대충 챙겨서 출발했다. 문경을 지났을 즈음 다시 전화가 왔다. 순산을 했단다. 아기 외할머니가 먼저 도착했다고 한다. 세상 구경 빨리 하고 싶은 손녀 하나가 이렇게 양가 어른들을 불러 모으고 있다. 귀한 생명을 주심에 감사한다. 병원에 도착하여 아기와 산모를 보고 나서야 안심이 되었다. 산고를 견디느라 힘들었을 며느리를 다독여 주고 손자 영권이를 데리고 둘째네 집으로 왔다.

아침 일찍 식사 준비를 서둘렀다. 아들 출근하고 손자 유치원 보내야 하니 그 일이 만만치 않았다. 옷 입는 것도 세수하는 것도 반은 장난이다. 할미의 급한 마음은 안중에도 없다. 영권이를 어린이집에 보내고 우리 내외는 맏이네 집으로 가야한다. 아들 둘의 집은 가까운 거리에 있다. 간단한 소지품만 챙기고 집을 나섰다. 눈비가 내리고 손이 터질 것 같다. 유난히 추위에 약한 나로서는 거의 고문 수준이다.

"우리 이거 무슨 꼴이고."

지금껏 묵묵히 걷던 남편이 한마디 내뱉는다. 이런 저런 이야기를 하는 동안 큰 아들 집에 도착했다. 어린이집으로 가서 영서랑 영권이를 데리고 왔다. 손자 둘에 손녀 하나 이렇게 셋이 모였다. 집은 순식간에 아이들의 놀이터가 되었다. 장난감과 책 그리고 가끔씩 먹는 간식까지. 그야말로 온 집안이 아수라장이다. 셋은 뭐가 그리 재미있는지 온통 난리가 났다. 북적북적 즐겁고 재미있지만 집안일과 아이들의 뒷바라지가 힘에 겹다는 것을 새삼스럽게 절감한다.

회사 일을 마치고 도서관에서 시험 공부를 하다가 밤늦게 돌아온 큰며느리는 추위에 얼어 있다. 많이 피곤해 보였다. 엄마가 들어서니 아이들 둘이 열매 달리듯 매달린다. 그들은 하루 종일 기다렸던 엄마가 왔다는 사실만으로도 행복하다. 며느리는 온종일 같이 있어주지 못한 미안한 마음에 자기 몸은 뒷전이고 찬 손으로 아이들

을 끌어안는다. 이것이 엄마라는 사람의 몫인가.

"고생했다. 빨리 씻고 좀 쉬어라."

내가 할 수 있는 말이 고작 이것뿐이다. 항상 쫓기듯 살고 있는 젊은이, 그를 좀 더 쉬게 해주고 싶은 마음에 늙은 우리들의 이야기는 짧아지기 마련이다. '힘드니까 젊은이다.'라는 말이 있었던가. 그러나 생각해 보면 어느 한 순간도 저절로 넘어가지는 않았다. 오르막을 향해 올라갈 때는 힘이 들어도 정상을 기대하며 오른다. 하지만 안도의 순간은 잠시 다시 내리막이 있다. 내려오는 길이 더 위험하다했다. 그 길을 무사히 잘 내려오기 위해서는 또 얼마나 많은 노력이 필요했던가. 인생은 고해라고 하는 말, 그게 바로 이런 것이런가.

둘째며느리를 병원에서 산후조리원으로 자리를 옮겨주고 시장을 들러 큰애 집으로 왔다. 나도 몹시 지쳤다. 하지만 식구들을 위해 식사를 준비하고 따뜻한 이야기 나누는 풍경을 그리며 힘들어도 견뎌내고 있다. 그러나 한 가족이 서로 얼굴을 마주하고 이야기 할 시간도 잘 없는 현실이 안타깝다.

지금은 그렇다. 둘은 직장에, 하나는 병원에 또 하나는 미국에 파견 근무 중이다. 각자의 일에 충실하고 있는 자식들을 생각하면 믿음직스럽고 안쓰럽고 또 대견하다. 그렇다면 나는 그들을 위해 지금 이 순간에 무엇을 어떻게 하는 것이 가장 좋을까. 그래, 힘들어하는 자식들 마음 따뜻하게 보듬어 주는 일, 찬 손 잡고 비벼주는 일, 그리고 어깨 다독여주면서 "힘들제." 한 마디 해 주는 것이 전부가 아니겠는가.

저녁 늦게까지 아침 준비를 했다. 일찍 일어나지 못하는 수면 습관 때문에 모든 준비는 미리 해두고 자야한다. 예나 지금이나 산다는 것이 힘들기는 마찬가지인 듯하다. 인간의 욕망이 끝이 없어서인가. 아니면 생존경쟁이란 언제나 이렇게 사람을 지치도록 훈련시키고 있는 건가. 쉽게 잠이 오지 않는다. 내일은 영권이 데리고 둘째며느리와 애기를 보러 조리원에 가봐야겠다.

머리가 몹시 아프다. 몸살이 나서 꼼짝도 하기 싫다. 그러나 쉬고 있을 수가 없다. 두 집을 건너다니면서 이것저것 정리하고 점검하느라 바빴다. 거기다 산후조리원으로 가끔 가봐야 했다. 그렇듯 비상대기조는 아파도 안 되고 개인 볼일이 있어도 안 된다. 오직 상황이 끝날 때까지는 버텨야 한다. 하루가 서른 시간이라도 부족할 만큼 바쁜 나날들을 보내고 있다. 나는 며칠째 몸살 약을 먹으며 버틴다.

둘째며느리가 조리원에서 퇴원하는 날이다. 출산 후 몸조리는 친정어머니의 몫이 되었다. 준비물이 많다. 아이 하나 움직이는데 어른 세 사람 정도의 물건이 필요한 것 같다. 자식을 낳아 길러봐야 사람 구실 제대로 한다는 말이 틀린 것은 아닐 것이다. 사람살이가 항상 즐거울 수만도, 또 항상 슬프고 괴로운 것도 아니라는 걸 알아 가면서 어른이 되어간다. 말로서 혹은 책에서도 배울 수 없는 인간 애를 스스로 터득하고 경험하게 될 것이다.

둘째 내외와 손자 영권이 그리고 갓 태어난 손녀를 공주로 보내고 나의 비상근무는 해제되었다. 어수선하게 어질러진 집을 정리해두고 바로 대구로 내려가기로 했다. 두통이 심해진다. 빨리 가서 쉬고 싶다.

나는 항상 대기상태다. 그러나 비상대기조 역할이라도 할 수 있다는 것이 다행이 아닌가. 언제든지 나의 손길이 필요하다면 기꺼이 뛰어갈 마음가짐으로 기다리고 있다.

아버님의 기도

우연한 기회에 물자라의 생태를 알게 되었다.

봄에 짝짓기를 마친 암컷 물자라는 수컷의 등에 알을 낳아 붙이는 습성이 있다. 그리고 엄마 물자라는 떠나고 아빠 물자라가 알을 짊어지고 다니며 부화할 때까지 돌본다. 등에 붙은 알에게 충분한 산소를 공급하기 위해 물 표면으로 올라와 하루 종일 지낸다. 물 밖의 세계는 천적의 공격을 당할 위험을 감수해야 한다. 그러는 동안 수컷은 사냥을 하지 못해 굶기가 일쑤다. 알에서 부화가 시작되면 수컷 물자라는 물위로 알을 내밀고 새끼가 무사히 빠져나오도록 꼼짝도 하지 않고 기다려준다. 태어난 새끼들이 물속으로 헤엄쳐 가면 수컷 물자라는 서서히 죽음을 맞는다. 그 부성애에 가슴이 뭉클해진다.

이 글을 읽는 동안 아버님의 일생이 오버랩 되어 눈앞에 어른거렸다. 어쩌면 이 세상 대부분 아버지들의 삶이 그런지도 모른다. 남

편의 형제들 역시 아버님의 등에 업힌 무거운 짐이었을 것이다. 그러나 각자의 길을 가야하기에 아버님의 짐을 내려드리지 못했을 남편도, 시숙도 자신이 아버지의 자리에 서게 되었을 때에야 그 고통을 이해할 수 있었을 것이다. 인간 육체의 유한성은 모든 사람들을 한 줌의 흙으로 돌아가게 하고 추억만 남긴다.

추석날 성묫길에 올랐다. 올해는 집에서 차례를 지내지 않고 산소에 바로 가기로 했다. 다행이 올 추석에는 군에 간 큰집 손자들 빼고는 모처럼 아버님의 자손들이 모두 참석하였다. 벌초를 하고 주변 정리를 마쳤다. 어른이 된 조카들 그리고 어른이 된 아들 모두 든든한 일꾼들이다. 간혹 우리끼리 이곳을 들렀을 때 힘에 부쳐 손보지 못한 것까지 말끔히 해치워졌다. 봉분에는 잔디가 잘 살지 않았지만 잡풀이라도 깨끗이 손질하고 나니 세수한 아버님을 뵙는 것 같다. 아버님이 오늘은 외롭지 않으실 것 같아 마음이 흐뭇하다.

자리를 깔고 모두 둘러앉았다. 큰댁 시숙의 인도아래 추석 예배가 시작되었다. 사회에서 일하는 후손들이 자기 맡은 책무를 다할 수 있도록 하느님의 돌보심을 기원했다. '사람이 마음으로 자기의 길을 계획할지라도 그의 걸음을 인도하시는 이는 여호와시니라.' 손자 손녀 하나하나 이름을 부르면서 그들의 수준에 알맞은 기도 말씀으로 축복해 주셨다. 그 음성 속에서 아버님의 음성이 겹쳐 들린다.

예배를 마치고 모두 둘러 앉아 준비한 음식들을 차려놓고 한바탕 잔치가 벌어진다. 옛날이야기와 오늘날의 이야기가 어우러져 시간 가는 줄 모르고 앉았다. 그런데 또 바쁜 젊은이들이 있다. 그들을 먼저 보내고 나니 우린 다시 큰댁 형님 내외분과 우리 둘이 남았다. 돌아오는 길에 오늘 아주버님과 아버님의 기도가 어쩌면 그렇게 닮았는가 하고 모두가 동감을 한다. 그 속에서 지난날 아버님의 기도에 대한 추억담도 따라 나왔다.

몸이 아프면 할 일이 더 많아진다. 어떻게든 움직여야 하는데 마음먹은 대로 되지를 않는다. 수시로 나를 괴롭히던 요통이 그날은 무척 심했다. 다리를 뻗고 엉덩이로 밀고 다니며 걸레질을 한다. 너무나 힘이 들어 자꾸 화가 치민다. 거실바닥에 벌렁 누워서 한없이 눈물을 흘리다가 다시 훔치기를 반복했다.

점심때가 되었다. 교회에 가신 아버님이 돌아오셨다. 식사가 끝난 뒤 상을 물리시고 가까이 부르셨다. 요즘 몸은 좀 어떠냐고 물으실 땐 대답 대신 눈물이 먼저 나왔다. 아프지 않게 기도해 주겠다고 하셨다. 어른 앞에 몸을 내밀고 있기가 민망했어도 어쩔 수가 없었다.

"그냥 내 마음만 믿고 '나는 꼭 나을 것이다.'라는 생각을 하고 있어라. 기도 한 번 해줄 것이니."

어른의 간절한 기도가 시작되었다. 나는 오직 아버님의 기도를 믿고 '좋아지겠지. 좋아질 거야.'를 속으로 되뇌면서 조용히 앉아 있었다. 기도는 끝났다.

"기다려 봐라 괜찮아질 거야."

그러시고는 한참 주무시는 동안 나는 방으로 들어왔다. 가족을 위해 자신이 할 수 있는 일은 오직 기도의 힘뿐이었으니 그 뜻이 하늘에 닿으면 언젠가는 이루어지겠지.

몇 주가 지났다. 허리 아픈 것을 잊고 있었다. 그날 이후 한 동안은 아프지 않았다. 아버님의 기도 덕분일까! 솔직히 기도해 주겠다고 하실 때 그냥 어른의 진심을 믿었을 뿐이지 그 힘으로 아픈 곳을 낫게 해 주시리라고는 기대하지는 않았다. 그런데 신기한 일이다. 우연의 일치라 해도 좋다. 아버님의 기도가 통했다고 믿고 싶다.

그러고도 나는 수시로 병치레를 했다. 그날 밤도 늦게까지 일을 하다가 잠이 들었는데 어느 순간인가 열이 나고 머리가 깨지는 듯 아팠다. 한밤중이라 병원도 약국도 갈 수 없는 상황이었다. 궁리 끝에 남편은 아버님의 기도를 생각해냈다.

"꼼짝 말고 이불 쓰고 누워있어요. 아버지께 부탁해 볼게."

그렇게 해서 주무시다 말고 건너오신 아버님의 기도 소리를 들으면서 나는 잠이 들었고, 아침에는 출근을 할 수가 있었다. 마치 어젯밤에 내가 앓은 것은 한 장면의 연극이었던가 싶을 정도였다.

그때는 왜 그렇게 병치레를 많이 했는지 모르겠다. 설마 아버님께 어리광을 부리고 싶었던 것이 아니었는지. 요즈음도 가끔 내가 아프다고 하면 남편은 "아버지가 기도해 주시면 나을 텐데"라며 농담을 한다.

　기도의 효과는 불안정한 심리상태를 보상해 주기도 한다고 했던가. 어찌되었든 아버님의 기도는 나의 고통을 잠시나마 덜어 주셨고, 어려운 고비 고비마다 그 기도가 절실했던 것만은 사실이었던 것 같다.

　많은 아버지들은 가족을 위해, 아이들을 위해, 자기 존재를 위해 곧잘 형극의 십자가를 짊어지고 성을 쌓는다. 그들이 살을 도려내고 뼈를 깎아 쌓은 성의 이름을 '처성자옥妻城子獄'이라 부른다. 오늘도 대부분의 아버지들은 정글 같은 세상으로 발걸음을 옮긴다. 하지만 그들에게도 예전에는 꿈이 있었고, 지금 이 고달픈 처성자옥에서 벗어나고 싶은 때가 있을 것이다.

　아버님의 지난 세월을 남편으로부터 한 도막씩 들은 것들을 퍼즐 맞추듯 끼워 넣어보았다. 한 아름의 슬픔과 마음의 짐을 안고, 명치 끝에 걸려있던 삶의 고통을 토해낼 수 없었을 아버님을 생각한다. 얼마나 힘 드셨는지, 얼마나 외로워 하셨는지 한 번이라도 깊이 생각해 본 적이 있었느냐고, 나 자신과 남편에게 묻고 싶어진다. 나는 왜 나의 아픔을 아버님께 의지하면서 아버님은 슬픔도 괴로움도 모르는 사람인 줄로 착각하고 살았을까. 제법 많은 시간을 살아온 후에야 노년의 외로움을 알게 되었다.

　오늘도 하늘나라에서 우리들의 평안을 위해 기도하고 계실 아버님을 생각한다. 그 믿음이 있어 오늘까지 별 탈 없이 잘 살고 있지 않은가.

　'눈물 골짜기 더듬으면서 나의 갈 길 다간 후에

　주의 품안에 내가 안기어 영원토록 살리로다.'

　찬송가 한 소절이 나의 가슴을 울린다. 열린 천국 문 들어가셨으니 세상 짐 다 내려놓고 주의 품안에 편히 쉬십시오.

　오늘은 내가 아버님을 위해 기도드리고 싶다.

혼수 이불

얼마 전 새 며느리를 맞았다. 그는 고운 색의 혼수 이불을 꾸며, 시집오기 전에 보내 왔다. 그것을 받으면서 여러 가지 상념에 잠겼다. 사돈은 이 이불을 보낼 때 어리고 부족한 자기 딸의 허물을 따뜻이 감싸 주기를 바라는 소망을 담았으리라. 그리고 시부모와 아무 마찰 없이 평생을 순탄하게 지냈으면 하는 염원도 함께 숨겨 두었으리라.

시어머니가 될 나의 기호까지 염두에 두고 곱게 만들어 들여온 이불을 만지는 순간, 지난 세월이 주마등처럼 스쳐간다. 켜켜이 쌓인 사연들을 가슴속에서 들추어내고 있던 나는 코끝이 찡해 옴을 느낀다. 아직 내겐 어머니의 땀내와 어머니의 모습이 서려 있는 이불이 그대로 있는데, 시어머니라는 이름으로 자리를 바꾸어 새로운 변화를 받아들여야 한다는 현실이 두렵고 실감이 나지 않는다.

창밖엔 조용히 눈이 내리고 있다. 온 세상은 순백의 세계로 변했다. 따뜻하고 넉넉하게 느껴진다. 지붕에도, 빈들에도 사랑으로 덮어 주는 그 눈은 내가 혼수 이불 속에서 며느리를 감싸주고 미쁘게 보아야 한다는 교훈 같은 것을 암시해 준다.

눈이 더 많이 내린다. 옛날 내 고향의 풍경이 가슴 저 밑에서부터 떠오른다. 가없이 드넓은 들판에서 홀로 되어 서 있다는 적막함과 외로움을 느낀다. 넉넉함과 평화가 일시에 사랑으로 몰려오는가 싶더니 허탈한 감정이 밀어닥친다. 맞이해야 하고 보내야할 것들이 뒤섞여 몹시도 혼란스럽다. 눈에 넣어도 아프지 않을 귀염둥이 어린 자식의 모습이 흑백 필름처럼 떠오른다. 장성했을 때는 언제 보아도 든든하고 넉넉하여 내 가슴을 꽉 채우던 아들, 그가 혼인하게 되니 누가 데리고 멀리 떠날 것만 같은 외로움이 엄습해 온다.

혼례가 끝나고 서울 제 집으로 돌아간 아들이 "어머니 이불을 어떻게 할까요." 하고 물어왔다. 결혼 전에 덮던 이불이 그대로 있는데 며느리가 시집오면서 자기들 이불을 새로 준비해 왔으니 헌것은 버리고 싶은 마음인가 보다. 새 식구를 맞이했으니 모든 걸 바꾸어 주는 것이 당연하다. 그러나 한 순간 까닭모를 화가 치밀었다. "마음대로 해라." 하고 수화기를 놓아버렸다.

지금까지 덮던 이불의 사연을 누구보다도 잘 알고 있는 아들이라 너무 서운 하게 느껴졌다. 혹시 우리들이 한 번씩 가게 되면 덮을 수도 있지 않겠나 하는 생각도 들었다.

내가 결혼할 무렵 어머니께서 직접 목화를 재배하셨고, 가을이면 하얀 목화를 말려 솜을 타서 이불을 만들어 주셨다. 세월이 흘러 편리하고 좋은 것들도 많았지만 그걸 버리지 못했다. 솜이 딱딱하고 무거워지면 솜 공장에 가서 다시 타서 새로 만들어 덮었다. 그렇게 나와 함께 지난 세월이 벌써 30년이 넘었다. 그건 그냥 이불이 아니라 바로 어머니의 체온이고, 힘들고 지쳐 허덕이는 딸을 지켜주고 위로해 주던 수호자가 아니었던가. 나는 이 이불을 만질 때마다 머리에 흰 수건 두르고 커다란 앞치마에 목화를 가득 담아 와서 마루와 살평상에 널어 말리시던 어머니의 모습이 보인다.

두 아들이 자라 대학에 가게 되었을 무렵 결혼할 때 가지고온 이불 중에 하나를 뜯어 고쳐 이불과 요를 만들어주었다. 보송보송하고 따뜻한 솜의 감촉에서 제 할머니의 체온을 느끼며 컸다. 아들은 그것을 안다. 아랫목에 깔아둔 차렵이불속에 엄마와 형제들이 도란도란 이야기하던 지난날의 삶들이 내 마음 속에 깊이 자리하고 있다는 것을.

새살림을 시작했으니 헌것은 버려야 하지 않겠느냐는 물음에 마음대로 하라는 항변 같은 대답밖에 할 수 없었던 옹졸함, 그것이 내 인품의 한계가 아닐는지. 그 소중한 이불이 버려져 어디엔가 쓰레기장으로 간다는 것이 너무 싫었다. 차라리 내손으로 깨끗이 태우고 싶은 심정이었다.

밖에 내리는 눈발을 보며 혼자 중얼거린다. 아, 이제는 버리자. 그리고 나도 또 다른 가족을 위해 새로운 이불이 되자. 따뜻이 감싸

주고 정 나누며 살아갈 준비를 다시 해야겠다. 새로운 삶을 시작하는 젊은이들, 그들의 행복을 위해 자리를 비켜줘야지. 추억도 사연도 다 지워야지.

눈은 그치지 않고 자꾸 내린다. 지난날들을 모두 덮어 버리겠다고 기를 쓴다. 그 눈은 맨몸으로 버티어 온 생명의 씨앗에게 포근한 이불이 되고 따듯한 생명수가 될 것이다. 언 땅속에서 새 생명을 잉태하는 대지를 따뜻이 덮어 아름답고 행복한 세상을 만들어 줄 모양이다. 창밖은 온통 솜이불을 덮은 듯 고요하다. 예쁜 며느리의 얼굴과 다소곳한 모습이 하얀 눈과 곱게 겹쳐져 보인다.

그냥 그렇게

그곳에 그냥 앉아 있었다. 맑은 하늘에 구름이라도 잡으려는 듯 마음을 풀어 놓는다. 멍하니 그 무엇을 기다리고 있다.

숫자로 셈할 수 없는 숱한 일상들이 바람처럼 지나간다. 누구면 어떤가. 그냥 같이 앉아 내속을 헤집어도 좋고, 행복한 웃음 주지 않아도 좋다. 헛소리라도 들어주는 그런 사람이면 족하다. 그냥 그렇게 나는 누군가를 기다린다. 그 무엇이 되기 위해 '스프링복'처럼 앞만 보고 뛰다가 절벽 앞에 선 기분이다.

삶이란 어느 날 문득 먼 길을 떠나 돌아오지 못하는 짧은 여행이 아닌가. 가끔은 그곳에 그냥 멈춰 서서 지나온 길을 돌아보아도 좋았을 것. 그리고 다시 시작해도 늦지 않았을 것을. 그렇게 정신없이 쫓았지만 아무것도 아니었다.

근래 나는 '그곳', '그 무엇', '그냥'이란 애매한 단어들을 자주 입속에서 웅얼거린다. 아무 일일수도 없고, 아무 곳에도 없는 무위의 세계에 빠진 것 같다. 마음을 꼭 붙들어 매야 하는 절실한 그 무엇도 없다. 현실의 미미함이 권태롭다. 편안함에 익숙해진 살찐 비둘기가 제 몸이 무거워 날기를 포기하듯, 안일한 일상은 사람을 우둔하게 만들고 있나보다.

지난 날, 그 무엇을 위해 온 힘을 다해 뛰었으나 이룰 수 없었던 일, 감당하기 힘들어도 포기할 수 없었던 일상들이 가슴 조이게 했었다. 삶에 여유가 없었던 그 시절에는 단 하루라도 마음껏 게으름을 피우고 싶지 않았던가. 그땐, 다 놓아버리고 '그냥, 그렇게' 쉬고 싶었지. 하지만 지금은 그때의 그 치열함이 오히려 그리워진다. 이무슨 사치스런 낭만인가.

괜히 전화기 앞을 서성인다. 애먼 전화기를 뚫어져라 바라본다. 벨이 울린다. 내 마음이 통했는가. 아무라도 좋다. 튕기듯 수화기를 들었다.

"접니다. 어머니 뭐하세요?"

아들의 목소리다.

"그냥 있다."

"별일 없으시고요?"

"응. 왜 전화 했노?"

"그냥요."

그렇다. 그냥이면 어떠냐. 꼭 무슨 일이 있어야 하는 것도 아니잖아. 오히려 그냥일 때가 더 좋다. 아무 목적도 바람도 없이 보고 싶

을 때 그냥 부를 수 있는 사람, 그런 사람이 있다는 것이 얼마나 편하고 좋은 것인가.

　가끔은, 슬픔인지 기쁨인지 모를 가슴속 이야기를 털어놓고 싶어질 때 목소리만 들려줘도 좋은 걸. 어느 날 갑자기 생각이 나고, 어

느 순간 문득 보고 싶어질 때, 이 세상 어디엔가 살아 있다는 것을 확인시켜 주는 것만으로도 편안하고 좋다.

"엄마, 엄마, 엄마!"

"왜, 왜, 왜!"

이제 막 말을 배우기 시작한 손녀는 제 어미를 숨 가쁘게 부른다.

"불렀으면 말을 해야지."

그는 엄마의 얼굴을 처다보며 생긋 웃는다. 그리고는 또 다른 놀이에 열중한다.

이제 엄마의 존재를 확인하고 마음이 놓인 모양이다. 그가 말을 잘 할 수 있었다면 '왜!'라는 물음에 '그냥!'이라 했을 것이다. 그냥 그곳에 있어 주어 안심이 되고, 목소리를 들어서 행복해졌다. 우주만큼이나 큰 믿음과 사랑을 받고 마음이 호수처럼 잔잔해진 모양이다.

손녀의 노는 모습에 세월을 잊고 앉아 있으면 동시 하나가 떠오른다.

엄만
내가 왜 좋아?

- 그냥 ….

넌 왜
엄마가 좋아?

- 그냥 ….

문삼석 시인의 〈그냥〉이란 동시가 모녀의 마음을 대변한다. 이 짧은 단어 속엔 가뭇한 사랑과 믿음이 듬뿍 담겨 세상을 다 품어 안고 있다. '그냥'이라는 그 말 속에 얼마나 많은 사랑과 믿음이 있었던가. 그냥 목소리만 들어도 좋다. 그냥 잘 살면 된다.

험난한 인생길을 지치지 않고 달릴 수 있는 힘은 무엇일까. 그것은 일상의 궤도와 속도에서 일탈한 자신을 내려놓아도 좋을 그곳이 있고, 그냥 그렇게 마음의 짐을 받아 줄 수 있는 그 사람이 있기 때문이 아닐까.

가족을 볼 시간

창밖에 어둠이 내리고 사람들의 발걸음은 바빠진다. 보이지 않는 그 무엇의 끌림에 순종하듯 총총히 걸어간다.

하루 종일 야단법석을 하던 손자들이 차츰 조용해진다. 이때쯤이면 돌아 와야 할 엄마 아빠를 기다리는 눈치다. 기다림의 눈빛이 확연한 손자들을 데리고 거실로 들어왔다. 그들의 마음을 달랠 방도를 찾다가 TV를 틀어 보았다. 한적한 시골의 어느 산사에서 탑돌이 하는 사람들이 보였다. 모두들 다소곳이 고개 숙여 두 손 모으고 조용조용 돌고 있다. 옆에 가만히 앉아 있던 여섯 살짜리 손녀가 묻는다.

"할머니, 저 사람들 지금 뭐해요?"

"탑돌이 하고 있다."

"왜요?"

"자기 소원을 이루게 해 달라고 기도드리는 거란다."

뭘 알아들었는지 고개를 끄덕거리며 동생과 나란히 앉아 TV에 열중이다.

"영서는 소원이 뭐야? 지금 뭘 기도하고 싶어."

"응, 엄마 아빠가 빨리 오는 것."

"그렇구나."

그래, 너에게는 엄마 아빠만 옆에 있으면 모든 소망이 다 이루어지니까. 아이들은 아무리 찬란한 미래가 있다 하여도 지금 눈앞에 보이는 것보다 더 소중한 것은 없을 것이다. 오늘의 평안과 안식만이 그들에게는 가장 큰 바람이요 꿈이겠지. 어른들의 삶이 팍팍해진만큼 어린아이들의 삶 또한 마냥 가볍고 즐거운 것만은 아닌 듯 싶다.

유영서 그림
〈치과 가던 날〉

아들들이 결혼을 할 때 내가 부탁한 말이 있다. 최소한 하루 한 끼라도 가족이 함께 식사하도록 하라고. 그러나 아들의 살림집에 와서 며칠만 있어보면 내 생각이 어이없다는 것을 느낀다. 잠 든 어린것들을 보고 출근해야하고, 퇴근하면 아이들이 이미 잠들어 있는 날이 많다. 이들에게 영화나 드라마에서처럼 함께 아침 식사하고 "아빠 힘내세요."라며 재롱부리며 배웅하는 자식의 모습을 그린다는 것이 얼마나 어처구니없는 생각이었나. 밥상에서 가족을 느끼며 '밥상머리교육'을 중요시했던 나의 간절한 바람은 오늘도 쉽게 이루어지지 않는다.

유영서 그림
〈우리 가족 카누 타기〉

　이렇듯 현대인들의 녹록치 않은 현실은 지극히 사소하고 기본적인 인간의 욕구마저도 채워주지 못한다. 그래서 젊은이들은 결혼을 하고 가정을 꾸리는 것을 두려워하는지도 모르겠다. 하지만 사람들의 마음속에 깔려있는 근원적인 소망은 세속적인 성공일까? 아니면 가족이 '있음 그 자체'로 인정받고 사랑받는 따뜻한 가정을 이루는 것일까.

　프랑스의 철학자 가브리엘 마르셀은 '가정이란 자신의 있음 그 자체를 인정받고 존재의 기쁨을 맛보는 장소'라고 했다. 가족을 통해서 '나'는 최초로 세계 안에서 홀로가 아니고 '함께' 있다는 것을 깨닫게 되는 것이다. 이처럼 마르셀의 사유에 따르면 대부분의 평범한 사람들이 진정으로 바라는 것이 세속적인 성공만 추구하는 것은 아닌 듯싶다. 밤이 되면 돌아갈 곳이 있고, 나를 기다려주

는 식구들이 있는 가정이란 울타리 안에서 사소한 행복에 안주하고 싶은 마음도 있을 것이다.

  그렇다면 우리는 이렇게 소중한 가족들을 얼마나 알고 있는 것일까. 굶주리고 배고파 허덕이는 사람보다 따뜻한 사랑에 목말라 엇나가고 사고를 일으키는 사람이 더 많다고 한다. 불안한 청소년들로 인한 각종 사회 문제는 순전히 그들만의 잘못일까. 혹시 그들이, 깨어진 꿈에 좌절하고 견디지 못할 슬픔을 견디고 있는 것은 아닌지 물어보았던가.

"어머니, 제발 저의 말을 끝까지 들어주시면 안 될까요?"라고 절규한 적은 없는지, 얼마나 아픈지 물어본 적이 있나.

모처럼 식구들이 함께 하는 기회가 주어진다 해도 TV에 정신이 팔리거나, 각자의 스마트폰이나, 컴퓨터들과 함께 하면서 서로가 마주보고 이야기하는 장면은 보기가 드물다. 하여 같이 있으면서 따로 있고, 옆에 있으면서 그리워하는 가정의 풍경을 본다. 그건 가족을 볼 시간이 절대적으로 부족한 현대인의 생활이 가정이란 공동체를 얼마나 삭막하게 만드는지 보여주는 단면이다.

우리는 '가족이니까 말이 없어도 다 알고 있다.'는 착각을 하고 살았다. 너무 가깝고 친밀해서 오히려 무관심해졌다는 사실을 늦게서야 깨닫게 된다. 가족의 힘으로 새롭게 에너지를 얻고, 우리들을 지배하고 있는 근원적인 불안감에서 벗어날 수 있을 것이다. 그렇게 되었을 때 비로소 행복 넘치는 가정과 건강한 사회가 될 것이라 믿어진다.

가족이라면 적어도 함께 살면서 그리워하는 일이 없어야 하지 않을까. 소망이라곤 엄마 아빠 일찍 돌아오는 것뿐인 어린 손자들의 모습이 가슴을 아리게 한다.

부엌

　식탁에 혼자 오도카니 앉았다. 서늘하고 쓸쓸하다. 국화차 한 잔으로 가슴을 데우고 부엌을 탈출한다. 나는 가끔, 몸에 익숙한 이 공간을 벗어나고 싶어 안달한다.

　거리로 나섰다. 하늘은 끝 간 데 없이 높고 맑다. 어디가 되든 상관없다. 작정하고 나온 것이 아니니까. 나뭇잎이 하나 둘 발치에 떨어진다. 길옆에 늘어선 노점상들을 무심히 지나치다 시골 노인이 펼쳐 놓은 더덕 향내에 잠시 머뭇거린다. 그 향기를 따라 김기택 시인의 '밥 생각'이 떠오른다.

> 차가운 바람 퇴근길 더디 오는 버스 어둡고 긴 거리
> 희고 둥근 한 그릇 밥을 생각한다.
> 텅 비어 쭈글쭈글해진 위장을 탱탱하게 펴 줄 밥
> 꾸룩꾸룩 소리 나는 배를 부드럽게 만져 줄 밥
> 춥고 음침한 배 속을 따뜻하게 데워 줄 밥

발길을 돌렸다. 방금 떨치고 나온 그곳으로 다시 돌아왔다. 하루 일과를 마치고 꾸룩꾸룩 소리 나는 배를 달래며 나를 찾아올 사람들을 생각해 본다. 거창하거나 화려하지도 않은 식탁을 차리고 따뜻한 식사를 함께 할 수 있다는 생각. 문을 열고 들어서는 가족들의 얼굴을 그려 본다.

유영권 그림
〈베트남 리조트에서
우리가족 수영〉

지난날, 어머니는 부엌에서 행복에 젖은 목소리로 아들을 불렀다.

"아들아, 이것 맛 좀 볼래. 나는 아무리 먹어 봐도 간을 못 맞추겠다."

한걸음에 달려와 쩝쩝 소리를 내며 혓바닥을 쭉 내민다. 입속으로 방금 무친 겉절이를 밀어 넣는다. 고개를 갸웃거리던 아들이 너스레를 떤다.

"바로 이 맛이야! 아, 배고파."

힘을 얻은 엄마는 움직임이 빨라진다. 가족들이 둘러앉고 김이 모락모락 나는 밥과 반찬이 차례로 나온다. 식탁에 오른 오늘의 주요리에 대한 품평회도 열린다. 정성으로 만들어진 음식을 먹으며

하루의 힘든 일들을 잊는 순간이 즐겁다. 사람 사는 냄새가 난다. 따뜻하고 행복하다.

　부엌이 가정의 중심이었고 그곳의 주인이 곧 안주인이 되던 시절, 어머니의 노고만큼이나 행복해질 수 있었던 그런 세월이 있었다. 그러나 오늘은 진수성찬을 차린다 해도 밥상 앞에 앉아 그 공간을 채울 사람의 숨결이 느껴지지 않는다. 이런 날이 점점 늘어 간다. 부엌이 한산해지면 집 안에 생기가 없다. 인적이 없는 부엌에서 과거의 흔적, 그 떠들썩하고 활기 넘치던 지난 시간의 여진을 안고 쓸쓸하다.

오늘날 대부분의 사람들이 배고플 때 식당으로 찾아간다. 삶의 방식이 달라지고 복잡해진 생활 조건에 적응하기 위함이리라. 그래서 먹기 싫은데도 먹고, 안 먹어도 좋은 것을, 왠지 반드시 먹어야 할 것처럼 먹게 된다. 물질문명이 발달하고 삶의 질이 높아진 세상을 살아가는 현대인들에게 배고픔이란 어떤 것일까. 그것은 실제 밥을 굶어서가 아니라 정신의 허기를 채우지 못한 갈증 같은 것이 더 큰 비중을 차지하고 있는지 모른다. 일 때문에 또는 공부 때문에 쫓기듯 먹어 치우는 한 끼 식사, 그리고 때론 불편한 자리에서의 진수성찬 같은 것은 혀끝의 미각을 자극할지라도 살뜰한 여운이 없게 마련이다.

발달된 물질문명이 인간에게 전하는 것은 편리함이었지 행복 그 자체는 아니었다. 문명이 이루어내지 못한 부분을 담아내는 그릇, 그것이 가정이라는 공간에 들어앉은 부엌을 뜻한다면 잘못된 표현일까. 그곳에서는 비린내도 나고, 된장 냄새도 나야 하는 것. 끓어 넘치는 사랑의 찌개도 있으면 더욱 좋겠다. 엄마의 요술 손으로 담아내는 행복 한 그릇.

유영권 그림
〈그림 공연 보던 날〉

오늘날 주방은 가족들이 이용하기에 더욱 편리해졌다. 그리고 주부 혼자만의 공간이었던 옛날 부엌과는 달리 식구 모두의 활동 무대가 되었다. 그러기에 집 안의 광장처럼 거기서 가족회가 열리면 어떨까. 자식들과 한 밥상에 둘러앉아 그리 대단한 것도 없는 식사를 하면서 하루 일과를 늘어놓는 소박한 행복. 따뜻한 식탁의 온기를 느끼며, 서로 사랑하고 희망을 키우면서 살아가는 공동의 공간이었으면 좋겠다. 그래서 부엌은 여전히 집의 심장이어야하겠다.

　손자들이 온다는 소리에 모처럼 바빠졌다. 시장을 봐 오고 냉장고를 뒤지며 부산을 떤다. 장조림을 하느라 고기를 삶고 있는데 아이들이 들어온다.

　"아! 이 냄새. 할머니 고기 냄새가 나요. 야, 빨리 먹고 싶다."

　"응 조금만 기다려."

　고기가 익을 동안 다시마며 메추리 알, 그리고 마늘도 준비한다. 오늘따라 고기 익는 시간이 더디다. 재잘재잘 떠들어 대는 아이들과 함께 하는 식사가 즐겁다. 오랜만에 집 안에 활기가 돈다. 지금 식탁에 둘러앉은 이들은 우리들에게 가장 큰 희망이다.

　세상을 살면서 냉혹한 책무에 시달려 지치고 힘들 때, 기대어 쉴 수 있는 언덕이자 보금자리가 될 곳은 오직 따뜻한 가정뿐이다. 나는 수고한 가족이 돌아와 즐겁게 둘러앉을 식탁을 꾸며야겠다. 거기에 웃음꽃 한 다발도 올리면 더 좋겠지. 행복은 삶의 가장 가까운 곳에 있음이니.

살며 기다리며

어둠이 내리고 가로등 불이 하나 둘 켜진다. 늦은 퇴근 길 버스는 만원이다. 지친 하루의 무게가 앉은 자리를 푹 짓눌렀다. 의자에 기대앉아 타고 내리는 사람들만 멀거니 보고 있다.

몇 정거장을 지났을 때다. 정차한 버스에 한 아주머니가 아이 하나를 등에 업고 또 한 아이는 안아서 차에 올려놓는다. 그리고 무게가 제법 있어 보이는 가방을 주위 사람들의 도움으로 간신히 싣고서야 차에 올랐다. 결코 그 삶이 가벼워 보이지는 않았다. 등에 업힌 아이는 세상모르고 자고 있고, 엄마 치마에 매달린 아이는 눈이 동글동글 반짝인다. 오직 엄마가 자기의 우주인 것처럼.

무엇에 홀린 듯 나는 시외버스 정류장으로 발길을 돌렸다. 가까스로 시골집으로 가는 버스를 탈 수 있었다. 마음이 바쁘면 길이 더 멀어지는 건가. 가로등도 없는 시골 길을 정신없이 걷는다. 무엇이 나로 하여금 어둠이 내린 이 시간에 백리 길을 달려가게 했던가. 어떤 힘이 그곳에 있었으며 누구의 부름이 들려왔던 것인가.

친정집에 도착한 나는 어린 아들을 끌어안고 한없이 울었다. 그 광경을 본 어머니께서는 "그 꼴 보일라카면 당장 아이 데리고 너 집에 가거라. 그리고 사표를 내던지 해라."하고 한바탕 소리를 지르신다. 그 말뜻을 잘 안다. 하지만 잠시 동안의 이별들도 참고 견딘다는 것이 형벌 같이만 느껴졌다. 다음 날 출근을 위해 하룻밤도 아이와 함께 자지 못하고 다시 돌아왔다.

나는 항상 바빴고, 매일 집안일과 직장 일에 여유가 없었다. 그런 와중에 자식과의 이별은 수시로 발생했고, 그럴 때마다 아이들은 이 집 저 집에 맡길 수밖에 없었다. 미안한 마음에 가슴이 아파도 아기 돌보는 사람을 구할 때까지 참아야 했다. 이렇듯 고난이 거듭되었다. 하지만 그 어려움들은 내게 스스로를 다스리며 참고 기다리는 마음을 기르게 했다. 그리고 한 삶이란 원하는 것이면 언제나 얻을 수 있는 것이 아니라는 것 또한 터득하게 됐다.

이리저리 부탁하여 겨우 사람이 구해지면 아이를 데리고 오게 된다. 갑자기 바뀐 낯선 사람에게 어떻게 적응하고 있는지, 혹시 마음에 상처가 생기지나 않을는지, 하루 종일 조바심하다가 종종걸음으로 집으로 돌아온다. 몸도 마음도 지쳐있지만 언제나 자신은 저만치 뒷자리에 있었고, 인내심의 한계를 시험하는 듯한 순간순간들이 이어졌다.

하고 싶은 일보다 해야만 하는 일에 붙잡혀 이리 뛰고 저리 뛰던

그 시절, 병원에서는 아기를 낳지 못할지도 모르겠다는 또 다른 형
벌과 같은 절망감을 내게 안겨주었다. 하지만 천운은 있었던가, 하
늘은 내게 두 아들을 주었고 그들을 위해 혼신의 힘을 기울일 수 있
는 기회를 주셨다. 그토록 소중하고 아름다운 선물은 우리들의 희
망이고 꿈이었다. 그러나 그 희망, 그 꿈들이 잘 자라기까지는 고통
의 한가운데를 헤매고 가로지르며 시간의 수레바퀴를 계속 굴려야
했다. 살며 기다리며 모든 것이 잘 되리라는 믿음을 갖고, 주어진
현실을 담담하게 받아들일 수 있기까지는 많은 인내와 노력이 필

요했다.

두 며느리를 만나고 왔다. 둘 다 첫아기를 낳고 휴직중이다. 큰애는 첫딸을, 둘째는 첫아들을 낳았다. 애기들을 보고 있는 엄마의 모습이란 아름답다 못해 애처롭기까지 하다. 자식이란 엄마의 온 몸이 사경에 이를 때야 빠져나온 생명이다. 엄마의 가슴깊이가 얼마인지 모르고 그곳에 뿌리내려 온 가슴 당기도록 쪽쪽 젖을 빨아먹는 그 작은 우주. 아픔을 잊어버리고 매순간 전 존재를 기울여 사랑하고, 모든 것을 쏟아붓는 여자. 자식이 뭔지.

지금 복직을 앞둔 며느리들은 육아문제를 어떻게 해결해야 할지 착잡한 모양이다. 최선의 방법을 찾기 위해 애태우고 있었다. 옛날 직장 생활을 할 때 며느리가 일을 갖게 된다면 양육은 내가 책임지고 해 주리라 다짐한 적이 있었다. 그런데 지금 막상 그 상황이 되고 보니 얼른 그렇게 하마라는 자신이 생기지 않는다. 이런 맘을 뭐라고 변명할 것인가.

앞으로 우리아이들이 어떻게 현명한 삶을 이끌어 갈까. 그들의 현실 앞에 지난날 나의 인생이 어두운 전설처럼 겹쳐 흐른다.

혼자 날아간 두견새

먼 길 나서기엔 늦은 오후에 급히 차를 달린다. 저만치 산기슭 여기 저기 진달래 꽃물이 번진다. 멀리서 들려오는 두견새의 애달픈 울음소리 가슴을 저민다. 질녀의 다급한 목소리가 귓전을 맴돈다.

언니가 요양병원으로 들어간 후 한참 동안 소식을 전하지 못했다. 그 쪽에서도 연락이 없었다. 잘 지내고 있겠지 하는 믿음으로 시간이 흘렀다.

몇 해 전 큰 수술을 받았을 때 병원에 갔었다.

"뭐 하러 왔니. 죽었나, 죽겠나, 확인하러 왔나."

한동안 소원했던 형제들에게 섭섭해하던 모습이 뇌리를 스친다.

병실 복도에는 늙은 여인들이 정물처럼 앉아있다. 가슴이 콱 막히는 답답함을 느낀다. 막연하게 요양시설에 대한 생각을 하고 있던 나는 참 묘한 감정에 휩싸인다. 이곳은 마치 저승을 가기위해 잠시 대기 중인 정거장 같다. 슬프게도 그 광경이 나의 미래일 수도

있다는 것이다. 그 누군가 지시하고 인도하는 대로 이루어질 수 없는 것이 바로 인생이라면 참으로 덧없고 허망한 것이 이 세상에서의 삶인가보다.

언니는 눈을 감고 있었다. 그의 얼굴에는 신산스러운 삶의 이력이 만들어준 애옥살이의 처연함이 배어있다. 차츰 정신을 차리고 우리를 알아봤다. 보고 싶어도 모두들 바쁘게 사는데 폐 끼친다고 연락을 못하게 했다고 한다.

"바쁜데 뭣 하러 왔나." 하면서도 반가워하는 마음이 역력해 보였다. 그래도 맑은 정신으로 우리를 맞아 주어서 고마웠다.

언니의 상태는 생각했던 것처럼 오늘 내일 어떻게 될 것 같지는 않았다. 죽음을 준비하고 마음을 다져먹은 사람 앞에 나는 참 무력하다. 그만의 운명이 다할 때까지 육체적으로 견디기 힘든 고통이 와도, 또 외롭고 괴로워도 거부 할 수 없는 것이 삶과 죽음의 경계가 아닌가. 그렇다면 지금 이 순간 그를 위해 무엇을 해야 하나. 누가 그러더라. 아무 말 하지 않아도 두 손 마주잡고 가만히 바라보는 것만으로도 큰 위로가 된다고. 정신 차리고 잘 버티라는 말 밖에는 할 수가 없었다.

우리들은 다음에 또 오겠다는 말을 남기고 언니에게서 발길을 돌렸다. 차창 밖은 어둠이 짙다. 유리창으로 그의 일생이 한 편의 영화가 되어 한 장면 한 장면 흘러간다.

언니는 시조부모, 시부모를 모셔야하는 층층시하의 맏며느리로 그 집에 발을 들였다. 어른들에게 사랑을 받으면서 자기 몫의 삶을 잘 살아가고 있었다. 그러나 육이오 전쟁은 따뜻하고 정겨웠던 삶의 근간을 송두리째 흔들어 놓았다. 떠나버린 남편은 어떤 모습으로 돌아올지 막연하고 답답한 어둠만 가슴속에 들어와 앉았다. 좌절과 무기력 그리고 이 천지 강산에 홀로 서 있다는 적막함과 고독함은 어린 새댁이 감당하기에는 너무도 힘겨운 형벌이었으리라.

외롭고 연약한 며느리의 마음을 달래기 위해 다른 곳으로 이사하자던 시부모님의 제안에 "밤중에라도 숙이 아버지 찾아오면 그 허탈한 발길을 어디로 돌릴까요."라며 그곳에 붙박이가 되어 떠나지 못한 사람. 그 질곡의 세월은 얼마나 길고 모질었을까.

언젠가 언니 집에 들렀을 때다. 사랑방에 걸린 상장들을 볼 수 있었다.

'효부 상'을 비롯하여 각종 표창장들이 걸려 있었다. 그것들이 반갑지도 자랑스럽지도 않았다. 그건 언니를 가둔 삶의 족쇄였으며 그 뒤에 숨어 허덕이는 한 생명이 눈에 아른거렸기 때문이다. 아무 표정 없이 방을 나오는 나를 언니가 물끄러미 바라보고 있다. 무언가 한마디 말이라도 있으리라 기대했던 모양이다. 하지만 끝내 거기에 대해선 아무 말 하지 않고 집으로 돌아왔던 기억이 난다. 그것조차도 지금은 후회로 남는다.

전쟁이 끝나도 돌아오지 않는 남편에 대한 기다림과 원망은 시간이 흐를수록 무게를 더했다. 가슴의 상처가 덧날 때마다 그 화살은 하나뿐인 딸에게 돌아갔다. 언니에게 딸의 존재는 자신이 보살펴야할 분신이며, 또 그가 이 세상에 버티고 살 수 있는 기둥이었다. 그러면서 세상에 대한 원한을 쏟아내는 분풀이의 대상이기도 했다. 어려서부터 홀어머니의 굴레에서 벗어나지 못한 딸은 그의 뜻에 따라 휘둘리며 아프게 살아야만 했다. 그리하여 전쟁이 남긴 치명적인 상흔은 대를 이어 갔다.

젊은 시절의 언니는 참 아름다웠다. 단아하게 쪽진 머리에 세모시 옥색 치마 하얀 모시적삼을 입고 논둑길 걸어 친정 나들이 올 때면, 그 모습이 하도 고와 내 가슴마저 아렸다. 언니를 생각하면 그 서늘하리만치 청량한 모습이 먼저 떠오른다.

우리 남은 형제들이 하나 둘 결혼을 할 때면 어머니는 "집에 다니러 올 때는 혼자 오지 마라. 짝 없이 다니는 건 너 언니 하나면 됐다."고 하셨다. 외기러기 같은 언니의 삶은 온 가족의 아픔이었다. 그렇듯 한 사람이 살아내야 하는 세월은 자신만의 것이 아니었다. 한 인생의 숱한 사연들은 완성된 영화처럼 잘 편집되어 나타날 수는 없는 일이 아니던가.

언니가 떠났다는 전갈이 왔다. 서정주 시인의 '귀촉도'가 내 가슴을 치고 올라온다.

제 피에 취한 새가 귀촉도 운다
그대 하늘 끝 호올로 가신 님아

청상의 독백인양 들리는 두견새의 핏빛 울음은 숱한 고난과 비애로 한을 품고 살아온 여인의 서러운 절규일런가. 삶의 끝자락까지 기다리던 임의 소식 듣지 못하고 덧없는 세월을 살아온 한 여인의 일생이 허망하게 끝났다.

저 세상이 있다면 임의 영혼이라도 만나서 잡지 못한 손 꼭 잡고 오래 말하지 못한 사연 다 쏟아놓으시오.

두견새는 홀로 진달래 붉게 핀 골짜기로 임 찾아 갔겠다.